U0118213

青森
文化

何偉賢 著

竹簡裡的黃金屋

逾80篇簡而精的書評,

猶如每本書的導讀、速讀、精讀,

帶你走一轉作者珍貴的書房,

並感動得將他推介的作品列入閱讀清單!

一公升の眼淚

豐子愷故事集

白朗峰上的約定

宇宙
的奧秘

牧羊少年奇幻之旅

最後14堂星期二的課

生命是一首歌

狼圖騰

一九八四

黑色鬱金香

挪威的森林

目錄

生活閒情篇

序

　　為了鼓勵寒窗苦讀的書生文人，古人有「書中自有黃金屋，書中自有顏如玉」的說法，激發他們在困乏中仍須咬緊牙關，努力讀書（四書五經之類的經書），待他朝科舉狀元高中，從而踏上仕途，日後便可平步青雲、出人頭地，盡享榮華富貴，亦不愁沒有美女青睞。雖說這種取態未免有點市儈和功利，但對於平民百姓來說，也不失為一道可攀上社會頂層的階梯。

　　時至今日，若想成為社會上的成功人士，並不一定需要倚靠讀書，因為只要有好的創意和靈活的頭腦，亦有機會創造一片新天地來。就像資訊科技巨企「微軟」的創辦人比爾蓋茲，他在哈佛大學就讀期間，仍未畢業便決意放棄學業，憑著無限創意和勇氣，毅然走出來創業，最終給他發明了電腦視窗軟件，觸發了現代社會翻天覆地的改變。不過，話又說回來，一張名校的「沙紙」（Certificate，證書），的確是能夠找到一份好工的保證。

　　然而，我在這裡所說的讀書，並不是指學校裡的教科書，而是指課堂以外的各類書籍。古今中外，世界之大，若然單

靠我們自己的閱歷，可以認識的人事物能有幾多？畢竟我們親身所見、所聞、所觸及、所懂得的都很有限，因此，倘若要認識和了解這個世界，就必須多看看別人所經歷、所記述的東西才行，似乎沒有其他更好的捷徑。雖說現今網絡上介紹各式各樣知識的影片、視頻既多又方便，但往往都是一鱗半爪和零碎散亂的資訊，甚至內容的可靠性也成疑，不能盡信。

閱讀的好處很多，相信不用我在這裡嘮叨贅述。而書籍介紹和評論比我寫得更細緻、更精闢和更有趣的大有人在，坊間亦有很多這類導讀專門書，並不需要我來班門弄斧。我之所以寫這本集子，是希望可以跟讀者分享我的閱讀體驗，因為在這集子裡所介紹的 80 本書，都是我曾經認真閱讀過、思考過和感動過之後，沉澱消化得來的。比如在〈心靈雞湯篇〉裡的《平常心》、《哈哈笑過苦日子》和《細味人生 100 篇》，就是在我心情低落時，曾給予我很大的鼓勵；在〈天南地北篇〉裡的《宇宙的奧秘》和《極地驚情》，曾帶給我廣闊無垠的視野，令我深感人生渺小；在〈經典漫遊篇〉裡的世界名著如《歌劇魅影》、《堂吉訶德》、《一九八四》等，故事和文筆精彩得令我讚嘆不已；而在〈生活閒情篇〉裡的《一趣也》、《一方水土》和《人間喜劇》等，曾令我陶醉於多姿多彩的人生美事。這些書籍陪伴我走過人生的高低起伏，可說是與書中人物同喜同悲。對我來說，這些書籍既是文字，也是要好的朋友。

以前的人用竹簡來寫書，但隨著紙張的發明，書籍已改為印刷在紙上，近年更加有電子書的流行，所以這裡所說的「竹簡」，只是象徵比喻而已。儘管古今中外書籍的載體不同，但箇中所蘊含的意義卻千百年未曾改變過；多閱讀，並不會令你的口袋增多幾分錢，但卻能夠令你的視野更廣闊、思緒更澄明、生活更充實、心靈更豐裕。

北宋大文豪蘇軾在《和董傳留別》一詩中寫道：「麤繒大布裹生涯，腹有詩書氣自華。」喜愛閱讀的人，內心充實和自信，說話不會淡然無味，懂得辨別是非黑白，不會人云亦云，言談間散發一股脫俗的書卷氣，比真正的黃金屋更加珍貴。

最後，我要感謝蔡幸娟的女兒謝方易小姐，因為她在網上創立了一個名為「不用錢的快樂讀書會」，並邀請了我參加，與眾多網友彼此分享讀書的樂趣，因而促使了我出版一本介紹書籍集子的決心。

何偉賢 寫於 2021 年 9 月 21 日 中秋節

心靈雞湯篇

《給女兒的信》

　　人們常說女兒是父親的前世情人，今生以另一種情來延續前緣，也有人說女兒是前世債主，到現世來向債仔（父親）討債，但無論如何，父與女是血脈相連的至親，從女兒出生到長大、結婚或老去，這個關係都不會隨時間、地域或社會地位而改變。

　　世上有兩種極端的父母，一種父母藉辭天生天養，對兒女事情完全不聞不問、漠不關心，除了提供兒女基本衣食住行的需要之外，其他的生理或心理需要都一概不理，完全放任不管。相反，另一類父母對兒女凡事過問，無論吃甚麼、穿甚麼、學甚麼、談甚麼、玩甚麼，甚至兒女的鄰居、朋友、同學、老師等等都要問、都要知、都要管，實行 7x24 全天候掌控兒女的生活，被稱之為怪獸家長（香港有很多這類家長，坦白說，非常令人討厭）。

　　作家何紫對女兒的成長很在意，曾當中學老師的他很明白，十多歲荳蔻年華的少女對人生既憧憬又迷茫，對很多事情都似懂非懂，正站在十字路口的當兒，最容易受別人的影響。為了不想板起一副嚴肅長輩臉孔，何紫於是像一位好朋

友般，給女兒寫了幾百封信，坦誠地與女兒分享他待人處世的經驗，希望透過循循善誘，給女兒灌輸正確的人生價值觀。

在看待男女情愛方面，何紫教導女兒對愛的看法不要太狹隘，要認識到世上還有朋友的愛、親人的愛，也有國家民族的愛。在選擇工作方面，何紫建議女兒可以先考慮該職業會否帶來樂趣，能否給自己一份技能的滿足，有否晉升前景，同事是否合得來等，當然，如果還有滿意的薪金報酬的話，那便更加理想了。

待人處事是少年人學習的大課題，何紫提醒女兒不要自我，不要像一些自以為有理想的人，他們經常對別人的生活評頭品足，其實這種態度是中國人千百年來的弊病，而這種弊病走到極端就是一種左傾的思潮。另外，做人要衝破內心樊籬，不囿於固有觀念，生活要有彈性，學習不偏執、不封閉、不排斥現實世界中的繁瑣與卑微，熱愛新鮮事物，追求理想，珍惜每一個得來的機會，努力把它做得最好。

在建立人生價值觀方面，何紫希望女兒能夠保持赤子之心、謙厚之心與平和之心，要樂觀而自信，不輕言放棄，堅定地向著目標不懈奮鬥努力。他勸勉女兒要有長遠打算，善於休息，敬業樂業，疼愛孩子，有容人之量，並且養成多元

化的生活情趣。最後，他鼓勵女兒學懂活出「加減乘除」的人生；加創意，減負累，乘社交妥協，還有懂得除下心理重擔。

　　閱讀過何紫的《給女兒的信》後，我作為兩名女兒的父親，覺得何紫已經完全說出我想說的了，而在書信中所談及的人生處世道理，其實不單只對孩子們合適，即使對我這個父親來說亦同樣非常受用。

《處世三不——不生氣、不抱怨、不折騰》

　　當我們遇到不順意的事情，小事如趕不上巴士、吃午飯要大排長龍，較大的事如不獲心儀公司聘用，或工作進度被同事拖累了等等，通常都會感到不開心，甚至會生氣和抱怨，認為全世界總是跟自己過不去。然而人生在世，不如意事十常八九，倘若我們經常為這些事情生氣和抱怨，那麼，匆匆幾十年的人生便會過得很辛苦，既得不到一刻安寧之餘，更會錯失很多美好的人事物。在《處世三不——不生氣、不抱怨、不折騰》一書中，心理學家馬燕君為讀者分析生氣、抱怨和折騰的成因，並教導我們當遇上這些負面情緒時，應該用甚麼心態面對，以及用甚麼方法去化解。

　　生氣是人們在事與願違時做出的一種消極反應，表現出來可以是嘲弄、譏諷、發怒、沉默不語、發脾氣、勃然大怒、亂摔亂砸東西、甚至是故意傷人。生氣讓人面目可憎，生悶氣最傷身體，不但令情緒低落，嚴重的更會使人失去理智，造成不可估量的損失，對於解決事情卻一點幫助也沒有。因此，我們需要學懂保持心理平衡，尋找發洩情緒的港灣，及時宣洩化解怒火、轉移注意力，學會遺忘和原諒，繼而冷靜地找出方法來解決問題，嘗試把煩惱和不愉快通通拋到腦後。

抱怨是最消耗能量的無益舉動，我們的抱怨不僅會針對人，也會針對不同的生活情境，表示我們的不滿。然而，經常抱怨使人思想膚淺和心胸狹窄，更會破壞人際關係，讓人活得更累。所以我們要遠離抱怨，冷靜面對現實、接受事實，並積極想辦法解決問題。必須明白，世上沒有人可以一帆風順地走完一生，每個人或多或少都要經歷挫折，試著學習接納自己，保持積極樂觀，於平淡無奇的生活中品嘗到滋味，快樂便如活水清泉般，時刻滋潤著我們的心。所以，與其整天抱怨，不如嘗試改變心態，讓一切從零開始。

折騰就是沒事找事、無事生非、朝令夕改、忽左忽右、追求虛榮、與人攀比，以及重複做一些無意義、無關聯、不必要的事情。折騰的本質是人為製造矛盾，無休止地盲目衝動，並且把問題複雜化，加重心理負擔。相反，不折騰就是專注目標，以極為珍惜的態度，去平平淡淡地生活，腳踏實地努力工作，做事量力而行，不逞匹夫之勇，凡事保持平常心，簡單來說就是低調做人，不自尋煩惱。

作者馬燕君明白知易行難的道理，若要真正做到不生氣、不抱怨、不折騰並不容易，但千里之行始於足下，所以她鼓勵讀者從今天開始，即使遇到煩惱和不愉快的事情，都能保持心平氣和，嘗試冷靜地找出方法解決它，以大智慧面對逆境，快樂輕鬆地一路走過繁花似錦的人生旅程。

《活在當下》

　　我們一般都會經歷幾個人生階段；童年時當子女、當學生，成年後當夫妻、當父母，在每個人生階段之中，我們都會碰到大大小小的問題，遇上不同程度的煩惱。有些人可以輕鬆面對和適應，但有些人卻會束手無策，愁眉苦臉的度日如年。香港大學李焯芬教授以他多年教學和處事的經驗，在《活在當下》一書裡收集了七十多個心靈雞湯小故事，從不同角度去反映上述幾個成長階段的有趣經驗和體會，與讀者分享之餘，亦希望能為讀者帶來一點啟發和生活智慧。

　　近年香港出現很多怪獸家長，他們過於溺愛自己的子女，為了爭取子女的所謂「權益」，往往近乎無理地要求這、要求那，並且經常將子女的失誤委過於別人，比如學校老師、同學、朋友和鄰居等等，卻完全沒有反省這是否因為子女自身的問題，也沒有想過可否用更合適的方法來處理。孩子被這樣的父母教養成長，在長時間的耳濡目染下，日後會成為有正確價值觀的成年人嗎？答案顯然是否定的。李焯芬認為父母正確的身教對兒童成長最重要，他以父子二人釣鱸魚的故事，帶出父親以遵守自律、向自己的人格負責的價值觀，怎樣深深影響日後孩子建立他的道德標準。李焯芬亦認為，

孩子在關愛、體諒與包容的環境下成長會最開心和健康。培育下一代的健康成長，與培育田園裡的幼苗一樣，皆屬一分耕耘，一分收穫。

雖說父母親對子女的愛是不求回報的，但我們總不能將這些看成理所當然而無動於衷。父母也有軟弱、灰心、煩惱和失落的時候，所以作為子女的，也許可以適時給予父母一些支持和鼓勵，比如一句體貼的問候、一個親暱的微笑、一個溫馨的擁抱，可能已經是父母窩心的鼓舞、重新出發的動力，和諧互信的家庭關係也可以大大提升。

李焯芬在〈茅草屋教室〉、〈為甚麼選我〉、〈不會彈的曲譜〉、〈一雙布鞋子〉等十多篇小故事中，說出老師所付出的愛心和溫暖，往往能讓同學的自信油然而生，更能激發學生日後不斷奮發向上，釋放他們的潛力和能量，扭轉他們的人生路向，做個有用的人。另一方面，作者也希望社會和同學們都能更關心和珍惜自己的老師們，以及他們對教育事業所奉獻的愛心和努力。

在〈交換角色〉、〈忘了我是誰〉、〈垃圾工人〉和〈白頭偕老〉等多個故事中，作者道出了婚姻的現實。夫妻各來自不同家庭、環境和價值觀，所以婚後在某些問題上有不同的看法是很正常的。幸福婚姻的關鍵，是夫妻能否延續婚前

濃濃的愛意，將這些昇華為尊重對方、包容對方的缺點、由衷感激對方的關愛以及在生活上的悉心照顧，保持感恩的心。

最後，出版社編輯為讀者作個總結：「在成長的路上，我們都一定試過不小心被石頭絆倒摔了一跤、誤踩入水窪濺了一身濕；而得到了今天的生活，我們未必個個都是物質上富有的人，但每一個人都總有能力讓自己輕安自在，只要我們懂得——活在當下。」

《平常心》

　　人生不如意事十常八九，當我們遇上不順心的事情，或是聽見別人一些不中聽的話時，難免會心慌意亂。然而「心慌意亂」只會令人不愉快，不是做出錯誤判斷，就是犯了不應該的行為，讓人生越朝著不好的方向前進，就此跌入不幸的深淵。相反，「安定的心」（或「平常心」）能讓人生活得無憂無慮，做出正確的判斷、正確的行為，引導我們走向美好，滿懷幸福地享受人生。雖然這些都是顯淺的道理，但是知易行難，我們要怎樣才能夠擁有「安定的心」呢？相信你我都想了解一下。

　　日本心理學大師植西聰博士在他的著作《平常心》裡面，分享他如何以「平常心」面對生活中的種種挑戰，讓自己不受他人的言語所影響，可以拋開煩惱，凡事樂觀以對，積極面對起伏的人生，並且好好拿捏人際關係，懂得如何療癒自己的心，以及保持身心平衡，令自己活得更有衝勁。

　　面對別人的批評時，植西聰建議我們要試著以平常心接受，理解「對方說的話也頗有道理」，找出需要改善的地方，這樣才能自我成長。同時，我們應接受別人不一樣的觀點，

跟對方冷靜地充份溝通，尋求解決之道。作者認為，擁有強烈的信念是一件非常重要的事，但是，當這股信念變成執念時，其結果就是失去平常心，就會無法定心冷靜判斷。當遇上失敗挫折時，既不要只是委過於人，也不要太過自責，應該針對問題，提出具體解決對策，儘管結果如何，只要經常保持笑容，那麼無論發生甚麼事，都能從容以對。

很多人對於以前的失誤沒法忘記，終日耿耿於懷，但植西聰提醒讀者，不管對自己過往的人生有多麼懊悔，也是無法讓一切好轉的，明白「失敗為成功之母，從失敗中學習」的重要性。因此，「如果、假設」的想法都只是虛空之詞，我們應該面對現況，活在當下，思考如何前進，才能以沉著的心情，勇敢面對自己的人生。另外，要相信「日日是好日」，盡快忘記討厭的事，並將注意力轉移，今天就自然會變得美好。

作者認為做人有時可以遲鈍一點，適時的充耳不聞，反而能讓心情平靜。不妨將自卑感視為一種個性，正因為自卑，才能感受別人的好。要懂得適時示弱，心情會更輕鬆，重視「自己的內在」，才能求得內心真正的平靜，也不要將世間發生的事，總要連結到自己的命運。另外，作者相信「船到橋頭自然直」，凡事樂觀以對，不必凡事力求完美，也沒有甚麼是非贏不可的事，只要好好努力，思考當下的事，結果

就聽天由命，可以問心無愧了。同時，也要改掉凡事愛與別人比較的習慣，認定「我是我，別人是別人」的心態，應要告訴自己「已經做得很好」了。

　　與此同時，我們也要懂得如何療癒自己的心，作適度休息，調養身體，明白不是努力就一定有回報。嘗試以討厭的對象作為負面教材來提醒自己，不要變成別人眼中的討厭鬼，不妨將吃虧視為一種學習，也只需在乎那些會真心向你道謝的人，讓我們經常保持安定的心，生活得「恰到好處」就行了。

《一笑天下無難事》

相信你曾經在街上碰見過好些愁眉苦臉並且喃喃自語的人，這不奇怪，因為現代人生活壓力大，精神情緒都繃得緊緊的，卻又苦於找不到舒解的方法，於是只能整天哭喪著臉過日子，社會上因壓力積累多時而患上抑鬱症的人比比皆是。

我自問不是一個很豁達樂觀的人，當遇上不如意的事情時，總不免心情低落，也會怨天尤人。我曾嘗試在坊間尋找，希望找到有用的心靈雞湯，可以為自己打打氣，鼓勵一下。何權峰醫生所著的《一笑天下無難事》，正好給我提供了一劑安慰心靈的良藥。

何權峰在《一笑天下無難事》與讀者分享了91個鼓勵人心的小故事，讀完後令人會心微笑之餘，內心亦會釋懷舒暢，恢復平靜。作為醫生多年的何權峰慣見生離死別，他認為悲傷難過雖不能避免，但亦無濟於改變生死的事實，所以他主張「先微笑，然後快樂就隨之而來」，鼓勵讀者「在生命中不管遇到任何困難，都不要失去臉上的笑容。」並引用紐西蘭毛利人諺語作為序言：「轉臉面向太陽，影子就落到你後面。」

以下是書中一些富有啟發性的故事引言，非常受用，值得大家細心咀嚼記存：

「遠方的星空固然明亮，但是近處的燈光才能給你溫暖」——珍惜當下的幸福。

「或許你現在無法明白，但請相信任何發生的事，都是最好的安排」——經常保持正面的人生觀。

「如果你是太陽，需要說服別人你是光亮的嗎？」——人要有自信。

「不要緊，一切都會好起來的」——凡事保持樂觀，不要氣餒。

「生命是多元多采的，沒有任何一件事情應該佔有你生命的全部」——眼界和心情都要放開一點，不要鑽牛角尖，事後總會雨過天青。

「樂觀就是能在最糟的情況下選擇最好的解釋」——永不言敗、永不放棄。

「既然你已作了最壞打算，那麼，剩下的便沒有甚麼好擔心的了」——已未雨綢繆，可安心前行。

「一個人越去強調什麼，越想去證明什麼，情況就正好相反」──弱者才不斷想向人證明自己不是弱者，是自卑感作祟使然。

　　「當黑夜來臨的時候，星星也會閃閃發亮」──凡事都有好壞兩面。

　　「不記雲，不記雨，只記晴天」──只要保持心境開朗，那麼，每日都是晴天。

　　何權峰最後寄語讀者：「不是順心如意讓人歡喜，而是歡喜讓人順心如意。不要再等待快樂的事發生，不要再期待所有的問題都解決，你已經等得夠久了。快展露微笑吧！」

《別為小事抓狂（8）自在男人 100 招》

作為現代社會的男性，工作重擔和競爭壓力往往逼得我們喘不過氣，而期待與責任、忙碌與追逐，亦令我們把自己繃得太緊，導致常常神經兮兮。這本《別為小事抓狂（8）自在男人 100 招》一書為全球激勵大師理察‧卡爾森博士「別為小事抓狂」暢銷系列叢書作品之 8，給予我們簡單有效的心靈建議，指引現代男性如何在繁忙的工作、生活與家庭之間，善用「別為小事抓狂」的生活哲學，取得平衡與調適，而不會被競爭的壓力或社會的期待壓垮自己，學會放鬆、過得自在，做個更有魅力與深度的男人。

卡爾森認為，我們要隨時注意自己的競爭心，我們當然要盡所能追求成功、贏得勝利，但沒有必要不顧一切地拚命。如果我們沒成功、輸掉了，也用不著覺得是世界末日，否定自我的價值。想要過得更快樂平衡、更沒有壓力，就要記住：人生還有比輸贏更重要的事。例如，我們不要終日那麼「嚴肅」，要嘗試放開自己，不知道的就說不知道，懂得自我解嘲，並且接受妻子的忠告，多花時間與孩子相處，在他們身上感受那種從工作中永遠無法獲得的親情關愛。

卡爾森告誡我們要打破跟人家比較的習性，至少不要讓這樣的習性箝制住我們看世界的觀點，這樣，我們便會開始注意到，原來活在世上是一場奇異的冒險，而每一種經驗都是獨一無二、價值非凡的。另外，既然我們將一生之中大部份時間都用來追求目標，因此必須要想出能在每一天、每一刻享受生活的方法，而不是等到達成目標或有成果之後才來享受。這樣不僅能體驗達到目標的滿足感，也會領略到一路走來的千百種喜悅。切記：「要追求，更要懂得放鬆享受。」同樣地，友誼與親密關係都是如此，倘若我們過於殷切地強迫對方，結果可能把對方推得更遠。讓人際關係在最自然的時間與方式下發展和成長，就有機會產生神奇的聯繫。

另外，有自信是件好事，但我們用不著經常把自己看得太重要，不需要做「偉大的事」來改變世界，只要做一些小事就足夠了，比如種種花、修修屋、甚至掃掃地，採取一些小步驟與行為，我們的生命就會成為愛與憐憫的工具，我們就能對這個世界有所貢獻。

最後，卡爾森提醒我們，要認清楚甚麼才是短暫生命中真正重要的東西，並且努力以實際行動和明智的取捨安排，來支持、維護我們最珍視的一切。生命非常珍貴，不該只是被視為理所當然，我們要愛護自己，珍惜生命恩賜的禮物。

《哈哈笑過苦日子》

　　大多數人以為，快樂必須等到有甚麼「特別值得期待」的事情發生，因而不斷在快樂上「附加條件」，以致將所有的喜悅都延誤到未來。其實，快樂，就是決定要快樂起來的結果。僅此而已，就這麼簡單。

　　快樂最直接的表現是「笑」，而笑有益健康是有科學根據的，一、笑可使面部肌肉得到充分的運動，使面部肌膚血流順暢，皺紋也延緩出現；二、笑可增加肺活量，吸入更多氧氣，促進新陳代謝；三、大笑還能使全身肌肉放鬆，呼吸與血流加速，身體氣血暢通；四、笑能激發腦皮質釋放激素，令人頭腦清醒、思維敏捷、消除疲勞；以及五、笑能消除人與人之間的隔膜，拉近人的距離，改善人際關係。

　　現代人生活壓力大，無奈地每天早出晚歸，匆匆忙忙的上班上學和做活，天天哭喪著臉度日。何權峰醫生有見及此，希望透過《哈哈笑過苦日子》的 100 個輕鬆幽默小品，陪伴讀者大聲笑過苦日子，為大家舒緩一下沉重的生活擔子。作者喜歡引用一些雋永的名人金句，再以不到四百字的小故事加以伸延闡釋，與讀者分享金句蘊含的鼓勵和智慧。

例如他引用富蘭克林的名句「財富並不屬於擁有它的人，只屬於享用它的人」，闡釋「懂得欣賞就夠了」這道理。又例如他引用林肯曾說的「大部份人如果決心要快樂，就能變得更快樂」，鼓勵讀者要經常抱著「只因快樂而快樂，重要的是『你』，只要你『覺得』快樂，結果就真的快樂起來了」的信念。

　　最後，作者以一首自創新詩〈一口芥菜一大笑〉來總結對讀者的鼓勵：

　　「日子就像芥菜入口的滋味，有淡淡的苦味，如果拌上好的調味料，就會是一道美味的菜餚。

　　這樣的日子雖然清淡，但如果不忘每天一笑，不僅可以延年益壽，還可以返老還童哩！來！笑一個哈哈。」

《人生論》

　　武者小路實篤是一位生命力旺盛的人，從「白樺」時代（約 1910 年）一直到晚年，活躍於日本文壇六十餘年，作品源源不絕。他的《人生論》收錄了 64 篇精闢深刻的短論，這本有關人生體驗、反省、掙扎和戰鬥的智慧之書，不但反映了作者健康、堅實、積極的思想體系，而且字字珠璣、洋溢真誠的呼喚、純摯的告白——這些文字毫無說教的意味，完全是作者崇高、堅定人格的流露。武者小路實篤寧可告訴青年人自己跋涉的心路歷程，但是絕不肯做一個蒼白、偽善的道德家。作者透過實踐、嘗試以及切身的體驗揭示了人生的標竿，鼓舞我們奮力向前，肯定人生的真義，他在序言中強調，書中這些文章並非甚麼人生理論，而只是在反映他自己，所以稱之為「我對人生的看法」也許較為恰當。

　　書中涉及作者對生命、對肉體痛苦的看法，以及應該採取甚麼樣的態度面對。他又談及同情、健康與喜悅、正當和不正當的工作、職業的貴賤、怎樣看人的慾望等等。文章裡分析甚麼是快樂、戀愛、父母的愛、死亡、人與大自然的關係、理性、道德觀和文明等倫理問題。雖然作者亦肯定人生，

但人有能力所不及的事，所以他建議人們理應憑著自身的智慧，剔除心中的渣滓，盡人事聽天命，盡個人力量生活下去。

武者小路實篤認為，戰勝肉體痛苦的最自然方法是「還我健康」，受了傷便盡快治療，生了病便盡快把病治好，不要拖延，早一天早一刻恢復健康才是明智的做法。對別人的痛苦無動於衷或幸災樂禍，是違反常情的，令我們不舒服。相反的，對別人的不幸加以同情，給予幫助，會讓我們含淚感激。

對人來說要緊的不是賺錢；錢太多反而容易墮落。會賺錢並不就表示那個人了不起，倒是知道怎樣活用那些錢才較為難得。不會賺錢也不是甚麼可恥的事；不好好生活、不好好工作才是真正可恥。武者又認為，過分執著於快樂是可悲又可恥的。重要的是活活潑潑的生活下去，孜孜不倦地努力工作，建立更美好的世界，過份追求快樂會變成不健全的人。

為自己的生命以及為別人的生命直接間接盡心盡力去奮鬥，那是大自然和人類給我們的使命，所以當我們做著這樣的工作，心便能安，也會因此感到自豪。如果做的是對誰都無益的事，反而把自己或別人往下拉的話，自己也會覺得慚愧。所謂生存的意義，其實也不是甚麼大道理，而是生理上

所獲得的一種充實感；也就是大自然所賜予的精神上的豐碩感。所以只要自自然然覺得愉快，覺得高興，不管理由是甚麼，只有承認這樣一個事實便可。作者分析死之所以可怕，並不是為了不死，而是為了未能完成人生的使命。健全的死是安寧的死，被迫的、勉強的死，才顯得可怕。因此，懷有死的恐懼，是因為還沒有去做活著的時候所該做的事情，如果把一生中該完成的使命都完成了，死便獲得允許，也就是沒有遺憾了。

《生命是一首歌》

杏林子（1942-2003）本名劉俠，祖籍陝西省，台灣北投國小畢業，獲靜宜大學頒贈榮譽博士學位。12歲時罹患「類風濕關節炎」，全身關節損壞導致不能行動，但她寫作不輟，出版過多部戲劇和散文集，作品深受海內外讀者喜愛。她篤信基督教，軀體雖然殘缺，但深信透過耶穌基督的慈愛，可以把人間的不幸化作光榮的冠冕，創辦「伊甸社會福利基金會」（下簡稱伊甸），為殘障人士爭取福利。

杏林子精選她的38篇文章放在《生命是一首歌》這本書裡，敘述她於1982年創立伊甸社會福利基金會的初衷和籌措工作的艱苦歷程，以及多年來如何為身心障礙人士發聲，以自身經驗歌頌生命，為他人點燃希望，並用自己生命一筆一畫刻劃出來的文章，鼓勵人心發揮助人的熱情。

開始的時候，因為成立財團法人至少要（新台幣）一百萬基金，杏林子慷慨地捐出自己的稿費，加上社會熱心人士和海外僑胞的捐贈和義賣籌款，約4個月已募集到一百萬財團成立的門檻。之後，杏林子與6位志同道合的創會志工，在台北市中心以每月五千元租用一間二十餘坪的民房，作為

辦公室及職訓場所，於 1982 年 12 月 1 日正式開幕成立，並舉辦了一場感恩禮拜，把伊甸恭敬地獻給上帝。最先開設一個適合殘障朋友，且具有市場潛力的「中國結班」，其後陸續舉辦其他活動和課程，創造更多讓殘障人士可以發揮潛能的機會。

伊甸幾經艱辛不斷壯大，工作逐漸獲得社會認同，各界人士亦被杏林子和各志工的無私所感動，令很多充滿熱誠和辦事能幹的人士紛紛委身加入奉獻工作，擔任會內訓練部、輔導部、宗教部、行政部、財務部、企業部等要職，同心同德並各展所長，為伊甸的長遠發展打下穩固基礎。

雖然伊甸是個基督教機構，但大會沒有勉強學員的信仰，只希望他們參加一些特有的活動，例如所有同工和學員在早會上聚在一起讀經、唱詩和禱告。透過互相關愛和潛移默化，讓他們一點一滴認識耶穌基督，的確有不少學員不知不覺掉進伊甸的「陷阱」，從好奇到追求，漸漸明白《聖經》的道理，最後受洗信主，成為基督徒。

在 2021 年的今天，伊甸社會福利基金會正邁向 40 週年，秉承以「服務弱勢、見證基督、推動雙福、領人歸主」為服務宗旨，目前在全台灣已有超過 130 個服務站，每年服務 6 萬個以上身心障礙及弱勢家庭。會歌〈伊甸之歌〉歌詞如下：

「我們有個快樂的家園，這是上帝祝福的伊甸，我們手牽手、肩並肩，彼此扶持，齊心奉獻，我們相愛相親，不尤不怨，軀體雖殘心志堅，在基督的愛中，把人間的不幸，化作光榮的冠冕。」

正如伊甸創辦人杏林子曾說：「不論人生的曲調是長是短，是憂是喜，或艱澀或流暢，都是一首莊嚴的歌。因為，生命的本身就是一樁奇蹟。有一天痛苦會過去，眼淚也會過去，一切的不幸都將隨時光消逝，但我們生命中，還有一些永恆的東西可以留下，只要我們肯，我們總能留下一些甚麼。」

《我的潛能，無限》

《我的潛能，無限》是作者派屈克・亨利・休斯和他父親的親身記錄。

「他天生沒有眼睛，手無法伸直，腿不能站……如此多重障礙，醫學界尚未發現相同案例。但是當比賽開始，鼓樂聲響徹雲霄，你將聽見他盡情活出潛能，感受他與家人深厚親情，於是，愛與勇氣將帶領你，活出無限的人生。」這是一個真人真事的生活記錄，書中主角那種堅毅和家人無償的關愛，令人讀後不禁熱淚盈眶。

派屈克出生當天，他的父母從接生醫生得到一個晴天霹靂的消息——嬰兒沒有眼睛、四肢過短畸形、黃疸、還可能有心智障礙……滿滿的一袋檸檬（lemon，在英文裡有缺陷、瑕疵之意）。然而，爸媽沒有因此而怨天尤人、灰心氣餒，他們願意接受這樣殘酷的現實並勇敢面對它，並懷著無比的愛和感恩，把小派屈克抱回家。

派屈克的童年幾乎在醫院中度過，他曾動過六次大手術；眼窩整型、骨骼矯正和身體其他部份的各樣治療。換著別的家庭，這樣的處境恐怕已令人掉進終日愁眉苦臉的深淵裡，但派屈克和家人沒有自怨自艾，他們臉上還堆滿愉快的笑容，堅強地迎接每一天，面對各式各樣的生活挑戰。上天畢竟是公平的，派屈克沒有因為生理缺憾而退縮和自暴自棄，相反，他學得很快，心智像海綿一樣吸收所有碰到的事物，他擁有非凡的音樂才華，很快便學懂彈鋼琴，享受音樂給他的喜悅和安慰，喜歡在眾人面前演奏，而且信心滿滿。

　　失明人在生活上遇到的困難，並不是我們能夠了解的，比如他們要很費勁地學習點字，憑手指觸覺逐個字、逐個字慢慢「閱讀」，少點耐性都不行。別人輕易的一個動作如開門、關燈、上廁所等，對派屈克這樣既失明又四肢殘缺的人來說，卻是很大的挑戰。然而，派屈克咬緊牙關，衝破一個又一個的障礙，盡全力活出每一天，為的是要自己成為母親的驕傲，報答她毫無保留的愛。

　　在讀中學期間，派屈克本來想學最渴望的打鼓，但因短小的手腳無法配合擊鼓速度，於是只好改為學習吹小喇叭，並且很快便上手。經過多年的音樂技巧鍛鍊，他終於成為一

位美國著名的小喇叭演奏家，在各地巡迴演奏並全美國電視轉播，令他吹奏起來充滿熱情真摯的音色，感動了全國觀眾。

在一次連同二百多人集體演奏的場合中，派屈克忽然明白「萬事都能成真」的踏實，感受到前所未有的強烈幸福感和生命力。他舉起小喇叭，昂首對準吹嘴，心裡在想：「我的潛能，無限。」

《最後 14 堂星期二的課》

　　《最後 14 堂星期二的課》（*Tuesdays with Morrie*）可說是美國體育專欄作家米奇‧艾爾邦的回憶錄。他在美國布蘭迪斯大學唸書的時候，最喜愛上墨瑞‧史瓦茲老教授的課，他更是教授眼中的希望。師生二人的感情很要好，可算是亦師亦友，教授喜歡暱稱他「米奇」。米奇畢業後進入社會，但工作浮浮沉沉，曾經有過的理想逐漸幻滅，生活失去方向，似在茫茫大海中掙扎，十多年來都沒有再跟教授聯絡過。

　　後來，墨瑞老教授罹患一種名叫「葛雷克氏症」的病，令患者肌肉逐漸萎縮，最後全身都不能動彈，但神智卻非常清醒，他只剩下最多兩年的生命。雖然教授深受惡疾之苦，他仍希望讓世人多認識這種可怕的病，於是經常接受各地電視台訪問，貢獻出剩餘的人生。在墨瑞教授最後的三個多月的生命裡，米奇偶然在電視中看見他，對自己多年沒再聯絡教授感到抱歉，於是決定到他家探望。

　　米奇因為受到老教授真誠的感召，自此之後，每逢星期二便會乘搭長途飛機到教授家「上課」，跟教授討論一些人生會遇到的困難與疑惑，包括死亡、愛情、婚姻、家庭等等。

墨瑞教授面對著死亡步步逼近，不僅自己勇敢面對，窮究其多面的意義，更藉著與米奇的談話，一點一滴的柔軟了米奇因世故而僵硬的心，讓他重新看待生活，了解生命的意義。米奇意會到自己一直營役追求的名與利，其實並不如愛更可貴，並因此挽回一段與太太即將逝去的愛情。米奇就是這樣上了 14 堂老師墨瑞為他而開的星期二的課，直至教授的生命終結為止。米奇憶述在第四堂課中，老教授曾對他說：「學會死亡，你就學會活著……」

這本書自 1997 年推出後，旋即成為全球暢銷書籍，後來在香港還被選為「二○○一年度十本好書」之一，表揚它是個會發光發熱的真實故事，令人讀後一輩子難忘。其後這故事被搬上舞台，香港「中英劇團」在 2007-2008 年劇季曾七度公演超過一百場，觀眾反應熱烈，幾年間已於北京、澳門、美國洛杉磯作巡迴演出，深受各地觀眾歡迎。

《潛水鐘與蝴蝶》

　　蝴蝶自由自在於花間飛舞，吸啜甜美的花蜜，無拘無束地享受柔和陽光的春日。潛水員罩在狹窄厚重的金屬潛水鐘內，身體動彈不得，只靠一條鋼纜被吊進陰森寒冷的深海裡，孤獨地在漆黑的海水中浮沉。潛水鐘加上蝴蝶，會使這隻蝴蝶再怎樣舞蹈，也呈現不出曼妙的輕鬆，而只有掩飾不住的悲痛。

　　年約44歲、作為法國時尚雜誌總編輯的尚·多明尼克·鮑比，是個開朗、健談、喜歡旅行、長袖善舞、講究美食和生活品味、擁有名車美女的潮流名人，套句現代用語可說是一位社會中的「人上人」，但這一切眼前擁有的幸福，卻都隨著一次腦中風而化為烏有。鮑比在 1995 年年底的某一天下班途中突然中風昏迷，再醒來已是三個星期之後。三個星期的時間斷層，生命已被切成兩半，他彷彿從一隻穿梭花間的蝴蝶，瞬間變成一隻寄居蟹，被罩在潛水鐘裡如繭般的東西，更甚的是他在這個繭裡的生命不斷惡化：體重跌了66磅、全身癱瘓、不能言語、右眼失去功能而被縫死、右耳失去聽力，只剩下左眼還有作用。經治療了半年，他只能利用眨動左眼拼寫英文字母的方式來溝通。

作為癱瘓病人，因為沒有自理能力，尊嚴已經成為奢侈品了，為防止長期臥床長瘡，護士每天替鮑比全身清洗，讓他既感挫折又覺「舒暢」，赤裸的身體任人家舞弄擺布也不覺得怎樣不安了。他失去吃的能力，只能依靠胃管攝取食物，已忘記了各種美食的滋味。當他只剩下眨眼這唯一的溝通能力後，令他感受到生命的脆弱，也更體會孤獨的況味。別人無法了解被困繭中的人的意願和反應，使他掉進無助的悲哀。然而，人的困頓造成的靈魂纖細，使他更能用纏綿的心看待記憶，也更能在無助中呈現出敏銳的善良。

鮑比在「半植物人」的狀態下掙扎，仍然抱存渺茫的希望，期待將來有一天回到以往的生活，但他終究沒能走出這場噩夢，而在繭中枯竭死亡。然而在治療過程中，鮑比靠著眨動左眼，一個字母、一個字母地寫下《潛水鐘與蝴蝶》這本不同尋常的書。他在書中最後一章說：「在宇宙中，是否有一把鑰匙可以解開我的潛水鐘？有沒有一列沒有終點的地下鐵？哪一種強勢貨幣可以讓我買回自由？應該要去其他的地方找。我去了，去找找。」

《潛水鐘與蝴蝶》出書後兩天鮑比便去世，但他告訴世人，他被禁錮的靈魂永遠活著。

《一公升の眼淚》

如果我不幸患上不治之症，身體不斷被疾病蠶食折磨，並且每天都要面對死亡的威脅，這樣，我還會有生存的意志和積極活著的動力嗎？坦白說，我真的一點把握都沒有。

14歲的木藤亞也罹患了罕有的「脊髓小腦萎縮症」，自此在短短幾年間，病情急劇惡化，由一名聰明伶俐和活潑好動的妙齡少女，急速地退化成一個癱瘓在床、完全失去自理能力的殘障病人，每天只能依靠家人和醫護的照料。然而，在患病過程中，最令亞也痛苦難受的，並不單是身體機能逐漸衰敗，而是因為自己拖累了全家人，尤其是那位不離不棄日夜照顧著自己的母親。另外，再加上周圍的人對這個疾病不認識，常常被投以奇異目光，甚至遭受別人的訕笑和白眼。

樂觀的亞也沒有因此而氣餒，憑著對生命的熱愛和過人的勇氣，她忍受身心的痛楚，努力與病魔奮戰，她說：「生病的事實就是事實，我只得面對，但如果要提到身體的殘缺，我卻無論如何都不肯屈服。」相比之下，我們稍遇少少挫折便整日怨天尤人、要生要死的可憐模樣，亞也和她家人的堅毅和忍耐實在叫人汗顏。

母親木藤潮香女士眼看女兒亞也患病六年，由活潑好動的孩子，變得無法照顧自己日常生活的病人，雖然女兒面對艱難而努力不懈，頑強地竭盡全力戰鬥，卻竟然得到和期待的人生完全相反的結果，喪失生存的價值。對此，身為母親的她深感自責。但她依然表現堅強，忍著滿眶的眼淚，鼓勵著自己和女兒，努力地活過每一天。

《一公升の眼淚》根據木藤亞也14至20歲時所寫的日記，以及母親潮香女士的補充輯錄成書。「中華小腦萎縮症病友協會」創會會長朱穗萍在序言道：「（這本書）讓我們了解生命的質與量，讓人間充滿更多的愛；我們要一起幫助弱勢病患及家屬，讓他們活著時可以領受社會更多的溫情。」此書日後更拍成電影並大受歡迎，深深感動了無數人。

《親愛的三毛》

三毛（1943-1991）的本名為陳懋平，據說因為她學不會寫「懋」字，便自己改名為「陳平」。後來，她又給自己取了另一個筆名「三毛」，諧謔地認為自己「只值三毛錢」。她祖籍浙江，民國 32 年（1943 年）生於四川重慶，後遷往台灣居住和成長，是台灣 1970 至 1990 年代的著名作家。她喜愛文學、哲學和繪畫，在求學期間曾遊歷西班牙、德國和美國等地，並發展過幾段短暫的異國戀情。

三毛早年曾患上憂鬱症，長時間處於自我封閉的心態，後來因為她所寫的文章得到著名作家白先勇的賞識，從此打開自我封閉的心窗，改變了她的一生。1974 年，三毛在非洲沙漠小鎮（西屬撒哈拉的阿尤恩）與西班牙人荷西結婚，因為對撒哈拉沙漠情有獨鍾，於是逗留當地，開始兩人的婚姻生活。不幸地，在 1979 年荷西在三毛父母往訪期間，在西班牙屬地拉帕爾馬島的海中潛水時意外喪生，令三毛完全心碎，之後一直無法走出傷痛。在她 47 歲時，即 1991 年，三毛在台北榮總醫院逝世。

《親愛的三毛》主要是三毛以解答讀者來信的形式，與讀者一起探討和解決各種問題的可能性。她深信愛是人類唯一救贖，而人活在世界上，重要的是愛人的能力，而不是被愛。在三毛字典中有兩個很重要的字——擔當；對人生、愛情、親友、以及對所負責任的擔當。三毛很喜歡清代李密庵的《半半歌》：「看破浮生半百，半生受用無邊；半殘歲月盡悠閒，半里乾坤開展……半少卻饒滋味，半多反厭糾纏；自來苦樂半相參，會佔便宜只半。」內裡蘊含著深刻的人生哲理，發人深思，也可說是三毛自己生活的寫照，因她認為天下事情沒有絕對的正與負、得與失，因為凡有所得亦必有所失，但所謂「有所失」，也就能夠空出地方來，容許之後再加一些更合意的東西進去。

　　另外，三毛也認為「別人的巧克力恰巧是我的砒霜」、「生活比夢更來得浪漫」、「佔有心太強，都是痛苦的泉源」和「坐而言不如起而行」，都是一些充滿智雋的生活哲學。她所寫的《撒哈拉的故事》、《稻草人手記》、《哭泣的駱駝》、《萬水千山走遍》、《送你一匹馬》等著作讓華文世界吹起了一股「三毛熱」，也將「流浪文學」推向顛峰，深受廣大讀者追捧喜愛。

《三人行》

　　生長在香港這樣的特殊環境裡，一顆現代的年青心靈應該根植何處？思想出路何去何從？《三人行》這本小書裡的文章未必蓄意為這些人生問題提供答案，卻是默默地為年輕人指點了迷津。

　　孔子在《論語》中說：「三人行，必有我師焉。擇其善者而從之，其不善者而改之。」意思是說不管是甚麼人，他們的言行舉止，必定有值得我學習的地方。選擇別人好的來學習，而看到別人不好的，要反省自身有沒有同樣的缺點，如果有的話，便要加以改正。《三人行》這本書的四位教師作者小思、林之、阿濃和張思雲本著孔子的教誨，以坦誠的態度、細膩的筆觸，像成熟但不世故的老朋友，與大家促膝暢談，分享他們待人處事的經驗和態度，雖未敢說是正確的人生觀，但也許可以給予年輕人一點參考，留待他們自由選擇，在這個容易令人迷失方向的年代，不失為一盞指路燈。

　　在這些文章裡，內容涉及上下古今、天南地北，無所不談，有講及學習和考試的態度、現實與理想的追求、自身與社會的關係、人際和愛情的處理等等。書中亦有藉著談到科

學、禁毒、政治、詩詞、旅行等事情借題發揮，再回到自身的起點思量。每篇文章都既短小精悍，亦語重心長，書中沒有當頭棒喝的大道理，只有作者貼地實在的生活分享，令讀者，尤其是年輕人，比較容易明白和身同感受。

　　四位作家嘗試就不同話題、從不同角度去探討現代青年的切身問題。字裡行間，洋溢著熾熱的真誠，閃耀著智慧的光芒，凝聚著精練的語言。誠然，本書乃中學生、大專學生、青年人以至教師、社工及關心青年人的朋友之必備課外讀物，讓讀者可以快速地吸收集成的智慧，從中學習處世的技巧，使我們變得更聰明、更成熟，輕鬆地面對外邊複雜多變的世界。

《目送》

　　倘若以「義薄雲天」來形容朋儕間慷慨的友情，以「海誓山盟」來形容男女間甜蜜的愛情，那麼，我認為「細水長流」這個不太顯眼的形容，也許是血脈相連的親情的最佳寫照。在平常的日子裡，親情往往被人遺忘，甚至被人輕蔑，然而，當一個人變得孤寂、落泊的時候，腦海裡最早浮現的，卻是往昔家人殷切的噓寒問暖，以及那些無微不至的關懷。爸爸彎腰輕吻自己的面頰，媽媽牽著自己的小手走過馬路，姊姊幫自己搖著彩色小木馬……此情此景，彷彿一幅幅鮮明的圖畫，在伸手可及的眼前流轉，觸發內心延後了的感動。

　　在《目送》一書中，龍應台以一名兩子之母，以及雙親的女兒的身份，用深情感性的筆觸，為讀者細訴親情的種種。由目送年幼的兒子轉身登上飛機，自己替年邁失憶的母親梳理斑白髮髻，以至到為失禁無力的父親抹去沾在身上的穢物，她都珍惜當下的每一刻，唯恐這些摯愛的親人，在下一瞬間已經遠離她的視線，連他們模糊的身影也無法觸及，徒留下絲絲的掛念與追憶。

作者對離別尤其有很深的感受：「這麼常地來來去去，這麼常地說『你保重』，然而每一次說『保重』，我們都說得那麼鄭重，那麼認真，那麼在意，我想是因為，我們實在太認識人生的無常了，我們把每一次都當作可能是最後一次。」

　　我們可曾試過，在父母親還健在的時候，關切的給他們一聲問候、深情的給他們一個擁抱？可曾試過，在兒女徬徨不安的時候，輕柔的給他們一句安慰、誠摯的給他們一個鼓勵？或許這樣做所需要付出的不多，卻為日後離別的時刻，減輕了自責的遺憾。

《觀自在》

　　佛家〈般若波羅蜜多心經〉（〈心經〉）有云：「觀自在菩薩，行深般若波羅蜜多時，照見五蘊皆空，度一切苦厄。舍利子，色不異空，空不異色；色即是空，空即是色。……心無罣礙，無罣礙故，無有恐怖，遠離顛倒夢想，究竟涅槃。……波羅僧揭諦，菩提薩婆訶。」已故國學泰斗饒宗頤認為〈心經〉的精粹之處在於「心無罣礙」，即心中平靜，便沒有甚麼會引起麻煩。

　　人生在世難免對於一些人事物有所牽掛，令我們終日忐忑不安，內心沒法子寧靜，而佛家〈心經〉引導我們學懂放下牽掛，回歸心無罣礙的安寧。如果以佛偈的形式來宣揚〈心經〉，一般佛學門外漢（如我）不容易明白，所以，台灣名作家林金郎師傅所著的《觀自在》就以短篇故事的形式，用上不同人物的際遇來闡述〈心經〉的要義。全書分上下兩輯，上輯「無礙」以宗教觀入文，下輯「自在」探討生命觀，描劃出作者對宗教和生命的看法。

　　在上輯故事《祖船》中的老漁夫阿興，未能忘記亡妻和昔日捕魚生活而鬱鬱寡歡，到臨死前方始明白要放下執著，

懂得「心內愛的人，只要愛就好，不要變成罣礙，不然就害大家都解脫不出來」的道理。在另一個故事《放手》裡的女兒安莉，雖然看見彌留中的父親非常辛苦，但因她捨不得父親，就是不肯簽紙為他拔喉，後來在夢中得到已逝母親的啟導，明白父親其實很想早日脫離受苦的軀體，與先到菩薩那邊等候著的亡妻重聚，然後夫妻倆一起牽手繼續走的心願，夢醒後安莉終於釋懷地簽了紙，讓父親安詳離去。

在下輯《魚》一文中，已失業三年的啟生覺得一條養在水族箱裡的金魚很可悲，因牠整天被困在小水缸內游來游去，沒有半點自由。但其實啟生自己因放不下自尊，糾纏於所謂理想與前途的包袱中，不肯屈就去做一些較低下的工作，導致妻子帶同兒女離他而去，最後他因急性恐慌症發作而險死，方才明白那條金魚無憂無慮地過活，原來比自己更自在、更悠閒。作者在另一個故事《都會櫥窗》中，透過一個放在商店櫥窗的「女」木偶的自述，細數在她眼下穿梭流轉的浮生百態，看透世人的貪婪、虛榮、嫉妒與愚昧，以及令人迷惘的七情六欲。

無可否認，在身處困難逆境的時候，父母妻兒的確是我們咬緊牙關繼續往前衝鋒的最大動力，但往往亦是這份難捨難離的親情，令我們陷入無止境的牽掛羈絆，未能解脫，墜

進憂傷悲戚的黑夜中。林金郎師傅以佛家的圓融，嘗試給讀者情思的啟導，不要將愛變成罣礙，並且要學懂放手。

《觀自在》不單只是一部充滿台灣氣息的優秀文學作品，它亦帶領讀者認識佛家的「生離死別愛惡欲」，以及讓人們思考人生意義的種種。「當你今天選擇走一趟那條平日你不會走的道路時，或許你會赫然發現，這個世界原來有另外一個不盡相同的面貌。」我誠意推介林金郎師傅《觀自在》這部短篇小說集，我在早前的佛誕節假期裡，愉快地重複閱讀了一遍。

《細味人生 100 篇》

「聰明，不等於有自知之明；有知識，不等於懂得生活；精明的人，往往也因過於精明而做出蠢事。對於人生，知識、聰明、智商、甚至時運，當然都重要，但人生最需要的不是這些，而是智慧。甚麼是智慧？知識不是智慧，智慧是對人生的細味。我們能因別人的知識而博學，但無法因別人的智慧而睿智。智慧有時候只是一句話，或一段經歷，一個人的小小表現、一個小故事，它給我們帶來的可能是一生受用不盡的頓悟。」——《細味人生 100 篇》。

《細味人生 100 篇》匯集一百個與智慧有關的小故事、短話語，是從作者李怡先生在報章和電台節目上，談及有關人生智慧的文章中篩選編成。李怡從 50 年代開始，從事寫作、新聞出版和電子媒體工作逾六十年，曾任文藝雜誌總編輯近三十年之久，出過一些書，見過及訪談過不少名人。作者畢生辦雜誌、寫文章，秉持忠於自己、質疑權貴、就事論事、不怕獨持異見的原則。

李怡認為智慧必須由自己去追尋，用心體會和思考是最好的方式。在這本書中有很多有意思的小故事，引領我們反

省思考，從中有所頓悟。以下是在他的書中摘取的雋智語句例子，經過細心咀嚼體會之後，或許可以啟迪你的心靈。

「人總是面臨現實與理想如何抉擇的問題。你的目標不該是最有價值的那一個，而是最有可能實現的那一個。」

「沒有人不在意金錢，但金錢有時不能解決許多根本問題，比如挽救生命，減輕傷痛。因此善良的人不會因為金錢的損失而生氣，反而會為沒有發生不幸的事而釋懷。」

「珍惜身邊的親人。與其為逝者舉行盛大的喪禮，不如在他在世時善盡心意。」

「在加減乘除之中，減法是解決生活煩惱的妙法，只要在生活中不斷地想應該怎樣減（例如減肥、減消費、減擔子、減欲望），日子就可以過得更自在、更輕鬆、更快樂。」

「必須是一個好的輸家，才能當一個好的贏家。輸了就是輸了，一個不敢接受失敗的人，也沒有權利接受成功的機會。」

「當變化萬千的時代來臨時，『改變』已成為不變的真理。我們應勇於擺脫惰性，迎接改變，否則等待於前的可能是失敗。」

「真正的快樂，是一種因感動而興起的愉悅，是物美價廉的。而追求物質這種快樂的仿冒品，卻會陷入永無滿足的苦惱。」

「太認真追求完美，反而容易陷入困境，失去自我，使自己的人生變得不完美。嘗試過『百分之八十的人生』吧，你會發覺生活快樂許多。」

「人生就像一面鏡子，你對著鏡子笑，鏡中人就對你笑；你發怒，鏡中人也會向你展現怒容。凡你對別人所做的，就是對自己所做的。凡是你希望自己得到的，不妨先讓別人得到。」

「緩慢代表冷靜、謹慎、樂於接納、平靜、重直覺、不慌不忙、有耐心、思考周密，簡而言之，是生活中讓質重於量。」

「年輕人要承認生活是不公平的，但並不是要去接受不公平，而是要適應不公平。接受是消極地、無可奈何地忍受不公平；適應是在不公平中積極地尋找自己的位置。」

「一個人的快樂，不是因為他擁有很多，而是因為他計較的少。如果人人都能以簡單、純真的心來面對世界，許多紛爭與悲劇或許都不會發生了。」

「人生之旅的終極目的不在別處，不在過去或未來，唯在當下，就看你是否曾用心去感受和體會。」

倘若你對現在的生活感到厭倦，對人生的方向感到迷惘，我建議你拿起《細味人生 100 篇》閱讀一遍，或許在看完這本小書之後有所頓悟，就像飲了一盅營養豐富的心靈雞湯，可以助你開懷釋疑，走出煩惱的困境，繼續輕鬆漫步人生路。

天南地北篇

《我愛科學——六位女科學家的生命態度》

　　科學家穿上白色長袍，終日埋首實驗室做研究，往往給人不食人間煙火的印象。但其實科學家跟常人一樣，既要專注科學研究工作，亦要照顧家庭生活瑣事，而女性科學家要兼顧的事情更多，所付出的努力比男性更大。簡宛女士的《我愛科學》一書為我們介紹洪蘭、余淑美、林納生、鍾邦柱、廖淑惠和王瑜六位傑出台灣女科學家，除簡介她們的專業研究之外，更讓我們認識她們對人生、家庭和學習的態度，很值得我們學習。

　　洪蘭教授研究認知神經科學，是一門探討人的大腦和行為的科學，成就卓著，然而洪教授仍願意花上大量寶貴時間，走進台灣近一千所小學和社區作演講，積極推動閱讀教育，為栽培下一代不遺餘力。

　　余淑美教授對水稻基因情有獨鍾，一輩子研究改良台灣水稻，致力令水稻更快生長，增加抗病、抗蟲能力、以及提高米質和香味，她的團隊所研究的台灣309水稻品種蜚聲國際。她教導子女做事必須鍥而不捨，要相信「有志者事竟成」的承諾。

林納生教授女承父業，一生與竹子病毒共舞，成就非凡，為竹子的健康生長貢獻良多。她提出以五心——「細心」、「耐心」、「恆心」、「專心」和「用心」來做科學研究和處事待人，並且常常以身作則的教導孩子。

　　鍾邦柱教授研究荷爾蒙對人類產生的影響，透過壓力荷爾蒙的智慧調控，為抗發炎效能研究踏出重要一步。她讓孩子自由選擇未來的路，但亦鼓勵女孩子投身科學，認為女性科學之路是無限寬廣的。

　　廖淑惠教授的專業是結構分子生物學，她的蛋白質生物功能藥用研究曾榮獲美國結晶學會 Linus Pauling 獎。在做人方面，她認為「貧窮是最好的大學，父母是最好的教授，他們用勞動的身軀與認命的心靈，培育出老實認真的子女。」

　　王瑜教授專門研究電子密度分佈與化學鍵，她的基礎無機化學研究，為天然物質的廣泛應用打下紮實根基，曾獲教育部傑出研究獎。她鼓勵年輕人「選讀科系不要只看重名氣，要選擇自己喜歡的。」並常常以自身的學習經歷與學生分享。

　　前台灣大學校長陳維昭在書本序言中極力讚揚這六位女科學家：「努力的人走向成功，有心的人活在幸福中。」的確，在記述她們奮鬥的故事中，我們都可以看見她們認真的身影。

《宇宙的奧秘》

　　我有幸曾到過紐西蘭南島的國家天文台觀星，一睹只能在當地才可看見的南十字星群，以及透過高解像太空望遠鏡，得以「近距離」欣賞那顆被發光環帶圍繞著的土星，看見那淡黃色帶斑紋的光球傾斜懸浮在漆黑的天空中，真的漂亮得令人目瞪口呆，不禁讚嘆宇宙星空的奇妙。

　　倘若與浩瀚無垠的宇宙相比，地球上的人類實在渺小得可憐。雖然人類已經成功登陸月球，亦有太空船到達了火星，但我們對宇宙的認識依然非常有限，宇宙的很多現象仍然神秘莫測，仍然是一個有待解開的巨大謎團。有見及此，日本多摩六都科學館館長高柳雄一在他的科普著作《宇宙的奧秘》中，以現代科學的角度，透過深入淺出的文字解說，以及清晰精美的圖表和照片，充滿誠意地為我們解開這些謎團。

　　高柳雄一以第 1 章「認識宇宙現在的模樣」作為這部書的起步點，帶領讀者從我們身處的地球、月球和太陽系，了解星球自轉和公轉的規律，以及在太陽系各個行星的特質。例如在八大行星之中，最大最重的氣體巨星「木星」，它的體積是地球的 1300 倍；次大的「土星」同樣屬於氣體行星，

它被一圈冰粒與岩石粒構成的光環圍繞著，並且擁有60多個衛星；「水星」是距離太陽最近的行星，直徑約地球的5分之2，是太陽系最小的行星，表面溫度近400℃；而作為太陽系中心的太陽，體積是地球的130萬倍，核心溫度約1500萬℃，藉著巨大的引力及能量釋放，影響著太陽系所有天體，包括我們身處的地球。

在下一章「宇宙的開展與演化」，高柳雄一繼續為讀者介紹各種行星與恆星、銀河系、相鄰的眾星系、以及遠近各種形狀的星體，讓我們認識宇宙的基本模樣。接著，作者帶領我們探討宇宙從誕生到結束的各種可能性，比如「大霹靂（或大爆炸）理論」、「宇宙膨脹論」、「暗物質」和「紅移效應」等學說，嘗試解釋宇宙過往的歷史和預測未來的發展。

宇宙的現象千奇百怪，例如有「超新星爆炸」、「恆星的誕生」、「脈動變星」、「行星狀星雲」和「螺旋星系」等現象都令人目不暇給。「宇宙黑洞」就更加令人著迷，這些連光也無法逃脫的引力陷阱，原來是擁有巨大質量的恆星發生超新星爆炸後變成密度極大、直徑很小的天體。黑洞會藉著巨大引力扭曲周圍時空，因此位在它後面的星星看起來是扭曲的，稱為「重力透鏡」現象。

除了地球存在生命之外，我們是孤單的嗎？在「思考宇宙及生命」一章裡，作者提出了「生命誕生自何處？」、「太陽系中存在其他生物嗎？」等問題，引領讀者認識生物演化與宇宙的關係。生命的誕生必須有液態水，人類嘗試搜尋太陽系內系外生命存在的可能性，從而找尋擁有可以孕育生命的「適居帶」星體，並且從科學的角度，探索宇宙中是否存在其他高智生物。

　　在書中最後一章「挑戰宇宙之謎」裡，作者介紹現代最先進的宇宙科學研究及宇宙理論，比如高維宇宙、平行時空等構想，並探索時光旅行的可行性。人類利用先進的科技如射電望遠鏡、人造衛星、光波分析和太空飛行等等，挑戰宇宙的未知領域，揭開知識與智慧的新一頁。

　　作者希望讀者透過這本書，體會宇宙超乎想像的時間、空間廣度，以及超越微觀或宏觀領域的深度，對宇宙和天文學多了一份好奇心，並感受到科學的浪漫和刺激之處。

《星雲組曲》

　　相對於外國來說，華人之中寫中文科幻小說的作家不多，傑出的作品更少之又少。優秀的科幻小說並不是一味靠天馬行空、胡亂虛構便可以，相反，它的特質必須兼備科學的邏輯與幻想元素，既能說服讀者之餘，又能引發他們的好奇心，當然，那些令人喘不過氣而想追看下去的故事情節，亦是小說成功的必備條件。

　　張系國的著作《星雲組曲》是少有的優秀中文科幻小說，獲香港教育當局推薦為高中生的課外著名讀物。全書由《歸》、《望子成龍》、《銅像城》、《青春泉》和《玩偶之家》等十個短篇故事構成，勾繪從二十世紀到二百世紀的未來世界。故事都經過作者精心策劃，採用「如果……發生了，會怎樣呢？」的佈局，令情節曲折巧妙，引人入勝。

　　《星雲組曲》的故事都有一個明顯的主題，那就是「在未來世界中每一項新發明，都會帶來問題」，雖沒有否定科學的重要性，但同時引導讀者反思「科學發展對人類是否必然是好的？」例如在《望子成龍》中的基因改造工程，原意是

汰弱留強，但實際卻未能產生預期效果。作者寫的雖然是未來世界，可是他所關心的卻是現實世界，他往往運用幽默的手法來諷刺社會現象，比如《銅像城》中的索倫城，就是現今社會賢達富豪，為了名垂千古而爭相立碑豎像的寫照。

科幻小說所描述的未來世界，比如人造生命、地心採礦和星際旅行等，在當時可能被人嗤之以鼻，甚至被視作癡人說夢，然而在若干年後，這些故事情節卻在現實中出現，科幻小說作家的前瞻力和識見實在令人驚訝。

《7-ELEVEN 經商之道》

「7-ELEVEN——梗有一間喺左近」這句神級粵語廣告口號深入民心，而事實上亦的確如此，據統計，截至 2020 年底，全香港各區已有超過一千間 7-ELEVEN 店，為市民提供一站式便利服務。7-ELEVEN 便利店的名稱源於 1946 年，藉以標榜品牌由上午 7 時至晚上 11 時的營業時間，但時至今日，絕大部份的便利店已改為 24 小時營運模式了。本書透過整理日本 7-ELEVEN 創辦人鈴木敏文先生在一千三百多次會議中所發表的言論與想法，將日本 7-ELEVEN 經營成功之道與讀者分享。

《7-ELEVEN 經商之道》作者鈴木敏文的營商哲學是「勇於創新」，他在進入日本最大百貨企業「伊藤榮堂」後力排眾議，創立便利商店 7-ELEVEN，結果成為全日本最高營業額及經營溢利的零售業。他認為營商是「價值訴求，而不是價格訴求」，而將高品質的商品推薦給消費者的做法，便是一種價值訴求的經營。比如以食品來說，要販賣消費者需要的商品如飯糰、關東煮之類的即食品，對於追求美味必須做到絕不妥協，客人只購買他們認為有價值（美味）的商品，而價值本身就是商品。

另外，他認為「模仿即落後」，因此必須藉開發商品創造差異化，如果不能捨棄過去的思維模式，就無法與今後新的工作內容相互搭配，如果工作的心態仍然只是延續過去的模式，是不可能在買方主導的市場中生存的。他相信先要否定自己，然後再改變自己，而經驗卻往往是阻礙改變的絆腳石，所以要不斷持續否定自己，這樣，一個不同的想法就會應運而生。然而，鈴木敏文提醒讀者，如果希望所花的心思能夠變成看得到的營業額，就不要讓創意只是創意，只留於空想階段，心動必須要有行動，必須利用驗證法將它們一一實踐。

他建議日本營商者「不要做乖寶寶」，因為走在別人後面苦追，一定沒有未來，而追著昨天之前的自己也沒有意義，必須以獨自的想法和做法，不斷挑戰新的一切，若要做到沒有競爭，就要創造絕對差異，因為最大的競爭對手，不是同業其他公司或其他的商店，而是顧客瞬息萬變的需求。

鈴木敏文相信，只有「顧客」才是衡量經營是否成功、商店是否有存在價值的那把尺。憑著多年成功營運日本7-ELEVEN 的經驗，他歸納出四個簡單基本待客原則：1. 親切服務、2. 清潔維護、3. 鮮度管理、和 4. 商品齊全。最後，鈴木敏文鼓勵後輩經營者：「要山谷有回音，就必須主動呼喚群山，不呼喚就沒有回音。」

《富爸爸‧窮爸爸》

在 1999 年出版，由羅勃特‧T‧清崎和莎朗‧L‧萊希特合著的《富爸爸‧窮爸爸》曾經是最暢銷的非小說類書籍，不論在中外都很受讀者歡迎，原因很簡單，一般人都想獲得致富的秘訣，從而改善生活。這本《富爸爸‧窮爸爸》不像坊間其他高深的財經專門書籍，作者透過簡單生動的文字，深入淺出地介紹很多關於怎樣致富的財務經驗和例子，普通人不用甚麼財經知識底子都可以看得懂、學得來。全書的中心思想並不複雜，套句老話，其實就是「工字不出頭」這概念。

作者以自身作為例子，闡述若要致富就必須挑戰傳統「努力工作賺錢、多勞多得」的觀念。沒錯，對大多數人來說，努力工作往上爬便可以賺到更多的薪金，獲得穩定的收入。但別忘記，薪金賺得越多，所需繳付的入息稅、保險金等也會相應增加，而且幅度並不是線性的，換言之，收入越多，要繳付給政府的稅務可能以倍數增加。況且收入多了，人們便會不自覺地增加消費來滿足自己，倒頭來，可以剩下來的金錢就不是想像中的那麼多了。作者認為，習慣過這樣的生活但又想成為富人的可說難若登天，相反地，這些人因為收入多了，更容易跌進更大負債的危機。

作者認為「富爸爸」和「窮爸爸」最大的分別，是在於富爸爸有另一套理財的觀念。富爸爸認為人們不要為錢工作，而是要錢為我們工作，簡單來說，即是要懂得「以錢搵錢」。當然，在我們身無分文的時候，我們必須努力工作以賺取金錢過基本的生活。但是，當我們積累了一筆不大不小的金錢時，那就不要急不及待的將它用來買這買那，比如名牌時裝、首飾、汽車……之類的物品來增加我們的所謂「資產」，但實質是負債的東西。我們要懂得運用它來增加收入，製造更多的現金流來應付基本開支，繼而增加我們真正的淨資產，那才是「財富」。最終還是要脫離「打工仔」行列，進而開公司做老闆，那才可以盡量利用各種免稅優惠，為自己累積更多的財富而另覓致富途徑。與此同時，我們亦要趁生活比較輕鬆的時間，盡量去吸收財務知識，比如學做生意和各種投資來準備好自己，並且要經常留意週遭環境，尋找致富機會。

　　或許有人會認為作者那種終日為金錢盤算，日夜營營役役的心態太市儈、太銅臭，忽略了人生更高理想的價值觀。但公平點說，作者只是想推介他認為可行的致富方法，他所著重的當然就是財務上的考慮，至於人生其他「更偉大」的精神生活追求，就不是他在這本書內所要討論的範圍了。

《STARBUCKS 咖啡王國傳奇》

　　不管您喜歡喝咖啡與否，相信一定對星巴克（STARBUCKS）咖啡店不會陌生，說不定還會每天光顧一兩次吧。不過，您知道星巴克的來歷嗎？這咖啡店又是怎樣經營運作的呢？「星巴克」原來是小說《白鯨記》裡的人物，他就是在小說中那位既冷靜而又愛喝咖啡的大副──史塔巴克。星巴克企業創辦人霍華蕭在《STARBUCKS 咖啡王國傳奇》一書中，跟讀者分享他建立星巴克王國的勵志故事。

　　霍華蕭生長在美國紐約的貧民區，早年還得要依靠類似香港綜援金的政府援助金過生活，他的父親是位勤奮盡忠的工人，可惜只能賺取微薄的薪金。就是這樣的出身，迫使他更要發奮向上，盡快脫離貧窮的窘境。也因為看見了勤奮的父親的不被尊重，激發他決定若有朝一日成為老闆，就必定會好好的對待員工的心願。蕭在大學畢業後，憑著努力加入了一所大企業做推銷員，而且越做越好，很快便晉升為經理級人員，可以過著優悠的生活，但他卻志不在此，誓要創一番事業。

　　因為機緣巧合，他認識了星巴克的創始人，而且對星巴

克咖啡事業一見鍾情，認定了這就是他的咖啡夢。星巴克當時在西雅圖只有三間店面，主要是售賣頂級重烘焙咖啡豆，商譽倒不錯。因為對咖啡的熱誠，霍華蕭毅然放棄了高職厚祿，加入了當時還是小公司的星巴克。加入星巴克之後，蕭又受到意大利式咖啡館的啟發，認為星巴克應該朝著售賣濃縮咖啡的方向走。但因為得不到星巴克創始人的認同，所以他後來自立門，成立「每日咖啡」店，後來，更戲劇性的併購了星巴克，成立星巴克企業，真正的開展霍華蕭的星巴克王國夢。

蕭逐步的朝向他的創業夢邁進，他對頂級咖啡的熱情和執著，沒有因為金錢、威嚇和恐懼而失去，相反，就是因為他對這個信念的堅持，幫助他闖過一關又一關，也憑藉著勇敢的創業精神，他為星巴克開拓了嶄新的局面。最值得欣賞的，是他兌現了對員工照顧的承諾，真正的讓每位員工分享到為公司一起努力打拼的成果。

星巴克成功上市，一躍而成為光芒耀目的零售之星，分店開遍全美國，而且還成功地登陸世界各地，成為世界級的名牌。雖然如此，蕭仍然對產品有極度的執著和要求，對員工、顧客和伙伴要誠懇的信念，還是那麼堅持。所以，星巴克不單只是營商有道的超級品牌，而且，更是有崇高理想和價值觀商品的表表者，非一般名牌商品所能及。

尋金者 vs 尋夢者

　　早前為大家介紹了兩本書《富爸爸・窮爸爸》和《STARBUCKS 咖啡王國傳奇》，都是關於創業致富的書籍，看似是差不多類型，但如果以《富爸爸・窮爸爸》和《STARBUCKS 咖啡王國傳奇》兩位作者的創業精神來作比較，我認為《富》可以比作一位「尋金者」，而《STARBUCKS》則是一位「尋夢者」。這並不是對與錯、是與非的比較，尋金與尋夢各有可取的地方，並沒有必然的衝突，也沒有道德高低的分別。

　　尋金者所追求的是財富和利潤，需要精湛的財務技巧和創業幹勁。一眾打工仔希望憑藉一己之力，依循已知的方法，比如通過各樣投資或投機，努力地創造財富，從而改善自己的生活。另一方面，尋夢者必先有個夢想，而更加重要的，就是他要對這個夢想有一份必然成真的信心和決心。這個夢想不一定會帶來名與利，比如《STARBUCKS》作者的咖啡夢、阿波羅 11 號的登月夢、霍金的宇宙夢、馬丁路德金的眾人平等夢⋯⋯那麼您和我的夢又是甚麼呢？

星巴克綠色圓形的美人魚商標，給人一種舒服自然的感覺。倘若您剛以好價沽售了幾手股票賺了點錢，不妨帶一本消閒書到星巴克咖啡店內，一邊看書、一邊品嚐一杯香濃美味的拿鐵，感受一下店員親切的服務，回味霍華蕭的創業夢，再盤算擬訂您下一步的「金股樓匯」投資大計。

《ISIS 大解密》

在早幾年前，有關「伊斯蘭國」這個極端組織的新聞，經常佔據著世界各地媒體的頭條，它所策動的恐襲事件震驚國際，所採取的殘忍激進手段更駭人聽聞。隨著西方國家的積極介入和打擊，這個組織現已沉寂了好一段時間，只偶爾聽到個別零星的案件發生，才稍稍叫人安心。

然而，為甚麼伊斯蘭國能夠在短時間內快速竄起？它的雄厚財力又從何而來？它的網絡攻勢如何掠奪人心，讓「聖戰士」蜂起效忠？這一連串問題令人大惑不解，引發各地人們的好奇，因此，國際戰略顧問塞繆爾·羅洪在他的著作《ISIS大解密》中，嘗試為大家逐一解開這些謎團。

「伊斯蘭國」這個恐怖組織全名是「伊拉克和沙姆伊斯蘭國」（Islamic State in Iraq and al-Sham），簡稱 ISIS，由伊拉克基地組織分離後逐漸壯大而成，於 2014 年 6 月 29 日「建國」，改名為「伊斯蘭國」（The Islamic State）。實際上伊斯蘭國並不是一個真正的獨立國家，而只不過是一個盤據於橫跨敘利亞、伊拉克兩國、一個面積僅超越英國大小的穆斯林哈里發組織，其首要之務是「戰爭——發動聖戰」。

ISIS 的最高領導是阿布・貝克爾・巴格達迪，他的信念是以遜尼派穆斯林為主導，以伊斯蘭法律一統全世界。在巴格達迪的領導下，ISIS 頗具規模，分為中央部會、軍事部（作戰部）、財政部、司法部、情報部、公共行政部、教育部和衞生部，儼如一個國家行政架構。它擁有軍隊 5 萬人，包括步兵、裝甲兵、狙擊手、特種部隊，以及自殺攻擊小組等。另外，組織內稱為阿姆尼的情報機關，專門負責蒐集情報、設置圈套、發動聖戰、進行間諜活動、鎮壓異己、恐怖攻擊、以及媒體宣傳和威嚇。組織資產約有 20 億美元，主要來源是透過販賣石油、走私文物和到處掠奪所得來。

ISIS 素以組織嚴謹聞名，擅於網絡宣傳，聲稱完全依照真主律法建立一個完美的社會，吸引無數青年男女，包括歐美與亞洲的年輕自願者加入聖戰行列。戰士們的薪餉不虞匱乏、紀律嚴明、士氣高昂狂熱，每個人都做好就死準備，心甘情願為信仰捨身殉道。

ISIS 為他們所信奉的「聖戰」到處流竄侵略，不單只令到中東局勢極不穩定，而它在世界各地所發動的恐怖襲擊，更令西方國家苦惱不已，亦因為對這個神秘組織缺乏認知，也只能隨著巴格達迪起舞。透過《ISIS 大解密》對這個組織的深入剖析和抽絲剝繭的解構，為讀者掀開那塊神秘面紗，令我們可以直窺 ISIS 伊斯蘭國的奧秘核心。

《新君王論》

　　我對政治的興趣不大，平日和親友聚會見面時，也盡量不談政治（和宗教），所以很少閱讀與政治有關的書籍。但話又說回來，我們生活在資訊發達的現代化社會中，難免會從不同媒體接觸到與政治相關的事情，比如某某高官去哪區宣傳政策，某某政治人物說了些甚麼等等，實在想要避也避不了。既然如此，我們也總不能與現實世界完全脫節，因此，或許我們都要稍稍學懂一些政治ABC，不要做個政治盲，貽笑大方。

　　《君王論》是馬基維尼在1513年所寫的政治學傳世巨著，教導君主如何玩弄權術治理天下，怎樣駕馭臣民於掌上，這本經典著作很受後世搞政治的人所喜愛。

　　有鑑於近年香港從一個只專注經濟發展的都市，逐漸改變成為一個凡事都被政治化的分裂社會，因此，著名時事評論員、香港中文大學政治及行政系教授蔡子強憑藉他對政治的認知，以及對中外歷史人物的熟悉，構思編寫《新君王論》系列叢書，本著「站在世界政治巨人肩膊上，會看得更遠」的理念，以他清晰理性的思路、淺白有趣的文字，從過往一

些令人佩服的政治家和名人，如邱吉爾、林肯、列根、孫中山、奇雲基瑾、麥理浩、鄧小平、朱鎔基、德川家康……身上學習領導智慧，並解構當今香港政治人物施政和公關技巧的不足與幼嫩，嘗試為他們提供豐富紮實的參考，給予他們一針見血的改善建議。

蔡子強認為政治領袖不能欠缺 EQ（情緒智商），他以克林頓和貝理雅沉著的處事作風，與前特首董建華作比較，突顯了 EQ 正是董建華最欠缺的質素。蔡子強亦認為政治不是辯論比賽，作為領袖而最終令人心悅誠服的，往往不是咄咄逼人、口舌不饒人的小聰明，而是他的胸襟、風度、包容以及誠信，然而好勝逞強，正是前保安局長葉劉淑儀性格上最大的盲點。另外，蔡子強誠心希望特首林鄭月娥及一眾高官，反省那種追求打倒敵人而非建立夥伴的管治心態，亦非見到「勢色唔對」之後便轉身走人的權宜之計。

前美國總統卡達的太太羅莎琳曾說：「懂得如何把自己隱匿起來，便是第一夫人最大的本領。」蔡子強以多任美國總統夫人和前港督夫人的低調，比對首任特首夫人董太的高調、愛出位，鍾情於經常走到鎂光燈前，情緒化地表達自己的想法與見解……卻忽略了民眾對自己的負面印象，結果自然弄巧反拙，變成人家茶餘飯後的取笑話柄。

蔡子強又認為政治家不能沒有稜角，他引述前美國國務卿鮑威爾的一句話：「凡事太過小心，盡量試著不去得罪每一個人，又或者試著討好每一個人，只會讓自己越來越平庸，要負責，有時就別怕得罪人；我想同樣道理，政治領袖要有魅力，便不能沒有絲毫稜角。」蔡子強寄語民主黨前主席楊森，提醒他為人太過四平八穩，說話永遠高度政治正確，卻落得語言無味，毫無魅力。

　　或許有人會嘲笑蔡子強之流是書生論政，即是「講就天下無敵，做就有心無力。」蔡子強卻不以為然，他以蘇軾的一首詩自勉：「橫看成嶺側成峰，遠近高低各不同，不知廬山真面目，只緣身在此山中。」世事往往是當局者迷，旁觀者清，其實，政治又何嘗不是如此。

《一百個人的十年》

　　大約在 50 年前，中國大陸境內發生了一場波瀾壯闊、驚心動魄的社會運動，稱為「文化大革命」，簡稱「文革」，由 1966 年 5 月開始，至 1976 年 10 月結束，時間長達十年之久，所以也被後世稱為「十年浩劫」，是一場自上而下動員成千上萬紅衛兵在中國大陸進行的全面階級鬥爭。在這段社會運動期間，人性和倫理價值觀被嚴重扭曲，人與人之間的關係變得互相猜忌和仇視；子女批鬥父母、學生批鬥老師、工人批鬥老闆、鄰居互相批鬥，最終導致數不盡的家破人亡，五千年的中華歷史文明幾乎被毀於一旦，整整一代人付出了無可彌補的慘重代價。

　　時至今日，雖然文革已經過去多年，但它依然對很多人的生活產生了深刻的影響。然而文革究竟是甚麼？文革的真相到底是甚麼？文革到底對人產生了甚麼樣的影響？在《一百個人的十年》一書中，作者馮驥才嘗試為我們提供一個答案，他試圖以一百個普通中國人在文革之中的心靈歷程的真實記錄，顯現那場曠古未聞的人為災難的真相。作者並不打算要找人算賬，而是希望透過不同遭遇的受害者、經歷

者，喚醒後人健忘的記憶，認清這場災難的根源，鏟除培植災難的土壤，換取不再重蹈覆轍的真正保證。

在《一百個人的十年》第一輯記錄中，作者走訪了十個文革受害者，其中包括下放到農村慘被村幹部欺負凌辱的女知青、一對因丈夫無故白白坐了十年冤獄的夫妻、被抄家的小資產階級、受巧言蒙騙而做盡違心事情的老紅衛兵、為了幫助被批鬥折騰的父親解脫而親手用水果刀切斷父親頸項動脈的女兒、因寫錯毛主席語錄被打成反革命份子的工人、人生的黃金十年被奪走的黑五類等，這些人都是淌著淚水，向作者吐露壓抑在心底的私隱，渴望拆掉自尊的圍欄，釋放埋藏內心多年的痛苦，希望藉此能夠撫平傷痕累累的靈魂。

作者希望文革的受難者們都能從這本書，感受到某種東西以使內心獲得寧靜，使那些文革災難的製造者們，從中受到人類良知的譴責而引起終生不安。而對其他沒經歷過文革的讀者來說，那些受難者的悲慘遭遇讓我們引以為戒，牢牢記住這些人為災禍的教訓，冀盼永遠不再重複那一代人的苦難。

《法理之間》

　　人們經常說香港是個法治社會，各人均須嚴格遵循法治原則行事，政府亦經常將「依法辦事」掛在嘴邊，顯示施政執法的大公無私。然而，所謂「法治」其實不單指「依法」行事而已。所謂依法行事，只是執行目前的法律，即便是以惡法行事，也是依法行事；「法治」的層次更高，是指整個社會遵循理性規則，通過法律及獨立公正的司法體系保障個人權利，並且限制政府的權力，使之不致無限膨脹，這才是「法治」的正確詮釋。

　　作為普通小市民，我們對很多現行法律都是似懂非懂、似是而非，面對是否會觸犯法律時，我們或許會有所警惕而裹足不前，但有時卻會犯了法也懵然不知。不過，「因為不知道而犯了法」並不是法庭接納的抗辯理由，「不知者不罪」的傳統藉口完全沒有立足點，所以我們必須對法律要有基本認識，不要因為人云亦云而誤墮法網。

　　法律條文一般予人嚴肅死板和冗長累贅的印象，沒有受過法律訓練的普通人不容易看懂，因此，《法理之間》一書作者鄧偉棕、廖成利、周鑑亮、盧浩輝和陳尚德五位律師，

憑著他們多年來在法律專業的經驗，嘗試使用較生活化和淺白的文字，以一些已由法庭判決了的真實個案，深入淺出的解釋一些判決背後的理念和依據，為讀者拆解法律問題與謬誤，讓我們對法律有更正確和清晰的理解，幫助我們解開對法律的迷思與執念。

　　書中介紹「民事」和「刑事」案件的分別和處理方法，從而探討一些熱門社會話題如改名、無定罪紀錄、誹謗、免責條款、破產、風水遺囑、工傷賠償、租霸、高買、誤入廁所、打斧頭、路不拾遺、不小心駕駛、外傭受虐、非法集結、司法覆核等案件，並且採用一些已經判決的真實個案為解說例證，讓讀者更加明白法律的真正動機和意義，而且文理淺白有趣，內容非常生活化和實用。當我們閱讀過《法理之間》這本書後，雖然不可能一下子變成法律專家，但最少可以讓我們更認識法律背後的理念，幫助我們在現今的社會中，做一個知法守法的良好公民。

《唐山大地震》

　　1976 年 7 月 28 日凌晨 3 時許，位於北緯 400 線的中國河北省唐山市發生了一場黎克特制 7.8 級的大地震，釋放出來的地震波能量，約等於 400 顆廣島原子彈的總和，導致全市 60 多萬幢房屋倒塌，24 萬 2 千多人死亡，16 萬 4 千多人受傷，整個住有一百萬居民的唐山市瞬間被夷為平地，變成一個近乎鬼域的廢墟。這無疑是人類歷史上最悲慘的一頁，無數無辜的死難者，幾乎都是在毫無準備的狀況下，被突如其來地推向死亡。

　　《唐山大地震》作者錢鋼當年曾參加抗震救災工作，親身見證了這段慘痛歷史。大量真實的史料、大批珍貴的歷史圖片，以及作者深沉的反思與追問，使這本書成為報告文學的經典之作，榮獲多個國際新聞獎項，書中所揭示的災區實況和問題，值得世人參考和憑弔，並且引以為鑑。

　　雖然說天災是無法阻止的大自然浩劫，然而在 7 月 28 日地震之前，大自然已經發出了強烈警告，例如在附近的陡河水庫的魚像是瘋了般，相互掙扎跳上水面，自動跳進漁民的

魚網裡。在空中，一大群蝴蝶、蝗蟲、蟬、麻雀、蝙蝠等飛蟲和飛鳥像失去理智似的亂飛，幾乎把整個天空都遮蓋了，場面非常嚇人。在地上，各類小動物如老鼠、黃鼠狼、養貂、家貓和小狗等都恐懼地四處逃竄，像是在慌忙地逃避著甚麼。如果當時人類看見了這些異象而提高警覺，採取適當的預防措施，或許可以避過這場悲慘的災難也說不定。

不難想像，大地震除了令到大量房屋倒塌、人命傷亡和車輛損毀之外，更嚴重破壞了各種城市基建如公路、橋樑、電塔、醫院和礦場等，另外，水庫和河道的破壞，更導致地震後的二次災難。決堤水災和疫症蔓延，污水和人畜屍體血水混在一起，令情況更加惡劣嚴峻，亦大大增加了災後救援的困難。大批受傷和嚇壞了的災民，在頹垣敗瓦堆中伴著死去的家人，呼天搶地、痛苦悲傷的等待救援，整個災區彷彿變成人間煉獄，令人慘不忍睹。

然而，災難中又可以讓人看見久違了的人性光輝面，災後四方八面趕來的救援人員到處挖掘，完全不理會自身危險，整天不吃不喝，爭分奪秒的尋找活人、搶救活人。在地震現場中，看見一些令人動容的畫面；男死者撐著倒下的牆，盡他餘力保護身下的妻兒；受了重傷的母親只關注她兒子的安危，用手一抓一抓的挖開埋著她們的泥土雜物⋯⋯。

大地震令大量家庭破碎、父母雙亡，造成三千名的孤兒，雖可說是不幸中的幸者，但他們的命運卻不令人樂觀。幸好，國家很多有心人出錢出力，為這些可憐的無辜小孩到處奔走，安排不同的機構和家庭收容，給他們一個安身之所。

　　另外，經一事長一智，遭千夫所指的國家地震局，從這次傷痛中得到了教訓，痛定思痛，逐漸提升預測地震的設施，改進通報機制，以及更強預警能力，冀盼國家更有能力預知和應對地震天災，給予人民一個真正可以安居樂業的家園。

　　P.S. 於北京時間 2008 年 5 月 12 日，四川汶川市亦發生了達 8.3 級的大地震，導致近 9 萬人死亡或失蹤，37 萬多人受傷。唐山大地震和汶川大地震，是中國大陸近年最嚴重的兩次地震天災。

《極地驚情》

　　南極是在世界七大洲之中排行第五，海岸線長達 24,700 公里，四周被太平洋、大西洋和印度洋包圍，很多國家都在此設置科研站，而中國中山考察站（中山站）座落在東南極大陸的拉斯曼丘陵地區。冰天雪地的南極調節著大氣冷暖，儲存起大量淡水、食物和礦物資源，隨時準備幫人類度過未來的危機。為了保存南極這塊地球上最後的淨土，國際社會作出嚴格規定，除了科研之外，現已謝絕旅遊參觀，以及不發遊客簽證。

　　很多人覺得探險家都只是一些為了追求理想，以及為了滿足一己好奇心而冒險的人。這種印象不算是錯，但也只是片面情況而已，因為探險家和科學家不同，科學家必須要有探險家先行開路，證實此路可行，並引導科學家深入要考察的地點，進行為人類在科學上的求知，證明地球上的過去與未來，因此，二者各施其職並互相補足，同樣在人類科研上作出了重要貢獻。

　　早於 1990 年，香港探險家李樂詩女士加入中國南極科研考察隊，乘搭考察船「極地號」前往南極中山站考察和拍攝記錄。這次是李樂詩第三次到南極探險的行程，由山東省青

島市港出發，途經東沙群島、菲律賓、蘇拉威西海、印尼、澳洲，穿過赤道和「西風帶」，並在南極中山站逗留了 43 天，陪同中國科學家作各樣極地考察後返回青島，來回全程 17,213 海里，合共 127 天。她所著的《極地驚情》，就是記錄這一次南極考察之旅。

到達南緯 66 度 30 分，便已進入南極圈，周圍環境開始有所變化，考察船「極地號」駛到冰區的時候，被冰山和冰餅重重包圍，船速要減慢，拱著浮冰緩緩前行。南極洋中有很多珍貴的大自然生物，包括磷蝦、鯨魚、象海豹和阿德雷德企鵝等，都受到人類過度現代化對環境的影響，以及人類無節制的捕獵，正面臨絕種危機，值得人類反思這些生物的生存權利。

在中山考察站考察期間，科學家們盡量利用有限的資源和時間（日照期間），進行詳細的地質考察、航空測量、地勢測繪、水中生物研究、南大洋考察等等，收集寶貴的科學數據，留待日後進一步研究和分析。

百多天的南極考察之旅雖然艱辛危險，但仍有很多引人入勝的地方，比如可以欣賞到千變萬化的南極光和幻日、進行難得的南極冰蓋漫行、與罕有的裂咀冰山交會、體驗冰困十天的經歷、以及與大自然生物全接觸等額外收穫，為這趟極地之行增添色彩。

《三萬呎高空上的悸動》

因為全球新冠肺炎疫情仍未受控,各地旅遊業都停頓下來,相關的航空業幾乎處於靜止狀態,航空業從業員大多開工不足,甚至被減薪裁員,暫時仍未見曙光,跟疫前旅遊蓬勃時期人手不足的情況相距甚遠。雖然如此,機艙服務員,亦即是香港稱之為「空中小姐(空姐)」和「空中少爺(空少)」,依然是很多少男少女的夢想職業,因為既能賺取不錯的入息之外,又可以免費周遊列國、增廣見聞,更擁有一份令人羨慕的優越感和「虛榮」。

不過,當空姐是否就如一般人所想像的容易?資深空姐藍海寧在她所寫的第一本書《三萬呎高空上的悸動》裡面,跟讀者分享這個行業的苦與樂,以及她當空姐的所見所聞,非常有趣。

現代航空交通快捷方便,搭飛機遠行的人以倍數增多,形形色色的客人都有,藍海寧曾遇見過用 4 張毛氈把自己全身包裹起來的、一登機就要褪掉褲子的、總是呆站洗手間前的、飲醉酒失態「露械」的、全程目不轉睛盯著空姐的、把熱奶(hot milk)叫作熱貓的、由上機到落機不停按「呼喚燈」

要這要那的……等等，為機艙增添不少歡笑、感動、甚至驚嚇的情節。

搭飛機跟坐車或坐船不同，因為一次意外的後果可以非常嚴重，所以不論機組人員或乘客都必須遵守已訂立的安全規則，例如扣好安全帶、放好行李、不隨處亂走動、不吸煙等等，但有些乘客就是不肯合作，總是百般刁難，測試服務人員耐性的底線。所以，作為機艙服務第一線的空姐，必須憑經驗和臨場的機智來處理，在盡可能不得失「尊貴的客人」的大前提下，按著安全指引將各樣工作做好，很考驗空姐的能耐。

另外，藍海寧提供一些貼士（tips），教讀者免費將普通客位升級到商務客位、甚至頭等客位的方法；一、做長期客戶，獲取航空公司的升級優惠；二、鼎力相助，在不趕時間的情況下讓出機位給有緊急需要的乘客，公司可能以升級答謝；三、提出投訴不滿意服務，令航空公司以升級安撫（但未必得逞，更可能被列入黑名單）；四、刻意（但合法的）遲到，博取客滿升級安排（但可能得不償失）。

藍海寧在《三萬呎高空上的悸動》中以輕鬆明快的筆跡，記述她多彩多姿的飛行人生，必能令你看得入神投入，猶如置身一個熱鬧有趣的機艙，看盡人生百態，也讓你體驗一趟不一樣的空中旅程。

《狼圖騰》

　　在日常用語中有「狼狽為奸」、「狼吞虎嚥」、「狼心狗肺」、「狼子野心」等詞語，全都是負面的形容，由此可見，傳統上我們對「狼」這種動物不太接受，甚至有點反感。其實，狼只是地球上眾多生物之一，牠們只是順應弱肉強食的大自然法則，完全沒有人類的所謂道德對錯觀念，是很純粹的適者生存而已。

　　《狼圖騰》是中國大陸作家姜戎所著，講述以作者本人為原型的知青（知識青年）陳陣在蒙古草原的經歷，以及有關野狼的種種傳說，帶出人與大自然的關係。文化大革命期間（約 1966-1976 年），陳陣和楊克等幾個北京知青被分派到內蒙當羊倌（牧羊人），跟隨蒙古族內經驗豐富的老人畢利格學習。初到內蒙的陳陣曾被草原狼包圍，幸虧他所騎的馬匹久經戰陣，巧妙地逃避了群狼的襲擊，自此之後陳陣迷上野狼，更冒險從狼窩裡掏走小狼，並且收養了其中一隻，希望藉此可以近距離接觸牠們，了解野狼的生長習性。

　　原來狼很聰明，牠們懂得集體行動和分工合作，並會利用周圍地形環境幫助獵食，比如狼群藉著大風雪的來臨，伏擊一整隊將要送上戰場的蒙古戰馬，逼迫戰馬到面層結了薄

冰的小湖裡，使大批戰馬溺死，然後大舉獵殺剩下來慌亂逃走的馬匹，將體重過千磅的大馬啃咬成塊，場面令人不寒而慄。因為野狼如此聰明勇猛，令蒙古草原的游牧民族既敬且畏，認為牠們是天神騰格里派遣人間的使者，遂成為民族崇拜的圖騰。

隨著中國大陸於 70 年代積極發展農業，大批南方農民湧入內蒙，大規模開墾土地耕種，令原內蒙的居民因此水草都不足，需要不斷轉換牧場來飼養牛、羊和馬等。農民亦害怕其他動物破壞他們的耕地，於是把草原裡的黃羊、大鼠和天鵝等動物都打清光，令野狼失去大自然賦予的食物，迫使狼群冒險獵殺人們圈養的牲畜，導致人們使用更現代化的重型武器，把狼趕盡殺絕。惡果在多年後浮現，在狼群數目大減、自然生態失去平衡之下，草原被獺子、地鼠等低等齧齒類動物啃光挖爛，出現嚴重沙漠化，過半內蒙地區都不再適合放牧或耕種。落得如此田地，究竟是狼的兇猛破壞了環境，抑或是人的貪婪愚昧破壞了環境？這問題就留給讀者思考好了。

《狼圖騰》這部獨特的著作獲得首屆曼氏亞洲文學獎，而該書英文版曾擊敗了二百多部亞洲文學作品，獲得了香港亞洲文學獎。後來這本書的狼故事亦被拍成電影，很受觀眾歡迎喜愛。

《神鬼獵人》

　　麥克・龐可的《神鬼獵人》講述一個受傷獵人的復仇故事。

　　在19世紀初期的美國，野生河狸的毛皮很受歡迎，可以賣到很高的價錢，在豐厚利潤的誘使下，吸引了大批人冒險到山野捕捉河狸圖利。此舉嚴重破壞了美國當地印第安人土著的生活，因此，土著們與外來狩獵者不時發生激烈衝突，美國軍隊和獵人對這些原住民胡亂射殺，而土著們亦以生死相搏來保衛家園。

　　修・葛萊斯是一名資深優秀的獵人，他加入洛磯山皮草公司，跟隨由亨利隊長帶領的狩獵隊，到洛磯山脈密蘇里河水域狩獵河狸，剝取牠們的毛皮，然後利用四通八達的河道將貨物運送出去販賣圖利。一天，葛萊斯在打獵野鹿做晚餐時，遇上一頭帶著兩隻幼熊的大灰熊，母熊為了保護小熊，於是向葛萊斯展開猛烈襲擊。葛萊斯當然敵不過這頭龐然大物，結果整塊頭皮被撕下，身體被嚴重抓傷，血流披面，全身骨頭被母熊的巨齒撕咬到碎裂，正奄奄一息，距死亡只差一線，幸好最後被隊友救回，發現他幾乎被剖開的胸膛內留

下一隻十五公分長的熊爪。葛萊斯因傷得實在太重，完全不能動彈，只能終日躺著，並且失去意識多天，全靠包紮傷口和敷藥止血續命。

因為當地印第安人可能會隨時趕來追殺，亨利隊長為了全隊人著想，認為必須立刻離開此地繼續往下一區域走，但要上山涉水，不能抬著葛萊斯行動，需要有人留下來照顧他，找個能夠遮風避雨的地方，並給葛萊斯留下武器和補給品，待他的狀況改善後再會合，又或者待到他死去，好好安葬了他之後再追上大隊。獵人費茲傑羅和男孩布萊傑自薦留下照顧他，費茲傑羅主要是為了 70 元的額外報酬，並不是對葛萊斯有任何憐憫。

只過了幾天，費茲傑羅和布萊傑怕被印第安人發現，竟然丟棄仍在奄奄一息的葛萊斯在荒野，還偷走了他的銀製來福槍和獵刀之後離開。在森林山野裡，獵人的獵槍是他的生存武器，比他的生命更重要。被遺棄的葛萊斯怒不可歇，他憑著驚人的求生意志，拖著傷痕累累的身軀，一寸一寸匍匐爬過美國地圖仍未劃定的荒野，不惜忍受創傷和飢寒交迫，與毒蛇猛獸和印第安人周旋，誓要報復被丟棄及奪走獵槍的仇，向著 560 公里外，前往健壯的人亦要走一個月才能到的下游補給站。後來，他遇上印第安卡然卡瓦族人的襲擊，幾

乎被石頭打死，幸好被另一個族群波尼族救回並醫治好，並在波尼族休養下來，學懂了很多野外求生技能。

另一方面，費茲傑羅和布萊傑返回狩獵大隊後，訛稱葛萊斯已傷重死亡，他們已好好將他埋葬，並立了十字架，費茲傑羅因而獲得 70 元的獎金和眾人的嘉許。後來，費茲傑羅怕東窗事發，於是偷走了一些皮草和獨木舟離開狩獵隊，但在途中因賭輸了所有錢而刺傷對賭的中尉，最後被罰從軍當二等兵。

當葛萊斯找到男孩布萊傑，在臨下手報仇的一刻，念及他仍是個男孩，而且亦的確曾在危殆時照料過自己，於是放過了他。後來經過輾轉追查，葛萊斯終於找到費茲傑羅，但因費茲傑羅當時已是軍人身份，事件必須交給軍事法庭審訊。費茲傑羅在庭上狡辯，而主審官似乎相信他是迫於無奈才離開的，葛萊斯一怒下在庭上開槍打傷費茲傑羅，被捕入獄，幸好被舊老闆擔保釋放。費茲傑羅最終歸還了獵槍給葛萊斯，並只被罰繳付兩個月薪水作補賞，葛萊斯的復仇夢卻未能圓。

經典漫遊篇

《從名句看世界名著》

　　自幼很喜歡閱讀，主要因為不用太花錢，而且從書本裡可以得到很多無法言傳的樂趣，然而莊子說：「吾生也有涯，而知也無涯，以有涯隨無涯，殆矣！」雖說開卷有益，但事實上世間的書籍浩如煙海，即使窮一生的精神時間、日夜不眠不休也無法看得完，所以一定要有所選擇取捨，不過應該怎樣選擇則見仁見智了。坊間有很多如「一百本必讀世界名著」、「六十本諾貝爾得獎作品集」、「您不能錯過的101部小說」之類的閱讀指南，為一些沒有頭緒的準讀者，提供一份很不錯的閱讀清單。

　　這裡介紹的《從名句看世界名著》（作者柯盈如）便是這一類閱讀指南，它的特點就跟書名一樣：「從名句看世界名著」，就是以名著裡雋永的名句作開始，引伸介紹著作的內容概要，我覺得這種方式很有意思，值得向各位推介，以下是書中的一些例子：

　　「人類的一切智慧都包含在這四個字裡：等待希望」──《基督山恩仇記》

「人生真美好，看你戴甚麼眼鏡去看」──《茶花女》

「一個人能看到別人眼裡的刺，就該看到自己眼裡的樑木」──《唐吉訶德》

「要小心保管好自己曾經有過的感動，不要讓它中途散失掉，這樣到年老才有值得的回憶」──《死魂靈》

「快樂是在尋找真理，而不是發現真理」──《安娜·卡列尼那》

「人生中最美好的東西應該是希望，而不是現實」──《布勃洛克家族》

「世界沒有對人人都不利的壞事」──《湯姆叔叔的小屋》

「為了要激起一個大人或小孩對某件事的興趣，只要設法把它弄得不易到手就行了」──《湯姆歷險記》

「別對著陰影，回過頭來，對著光明」──《美國的悲劇》

「每逢你要批評任何人的時候，你就要記住，這世界上所有的人，並不是個個都有過你那些優越的條件」——《大亨小傳》

「每天都是新開張的一天」——《老人與海》

「人只要向前邁進一步，也許要跌回來，但也只能退回半步，決不能退回一步」——《憤怒的葡萄》

「一個不成熟男子的標誌是他願意為了某種事業英勇地死去，一個成熟男子的標誌是他願意為了某種事業卑賤地活著」——《麥田捕手》

「能使人幸福的東西，同時又可以變成他人痛苦的根源」——《少年維特的煩惱》

「生活的意義不在保持幸福，而是在強化和鍛鍊意識，擴大知識領域」——《美麗新世界》

看過這些啟迪心靈的名句之後，有否激發您閱讀這些名著的好奇心？

《科學怪人》

　　於 1818 年出版，由英國女作家瑪麗雪萊所著的《科學怪人》被譽為全球第一本科幻恐怖小說，開創科學與恐怖故事結合的先河。講述這個小說故事的羅伯特華頓到北極探險，在當地遇上了日內瓦人法蘭克斯坦（Frankenstein）正苦苦追逐著某些東西，從而掀開了故事的序幕。

　　法蘭克斯坦出生於貴族，熱愛自然科學，深相自己可以創造生命，能夠打造一個完美的人，於是他從墳墓中挑選各種屍體，七拼八湊的砌出一個約八呎高的人形生物，並且通過電擊賦予「牠」生命。這個在實驗室製造出來身材高大的生物〔原文稱之為怪物（Monster）〕擁有駭人的相貌；乾枯粗糙的面容上有一雙水汪汪的眼睛，凡人絕對沒法承受那張臉孔所帶來的恐懼，必定會打個寒顫被嚇病的。

　　法蘭克完成創造了這怪人之後才後悔，但已經太遲了。怪人殺死了法蘭克親弟的兒子，被憤怒的人追打和唾棄。然而，怪人想被人類接受，想學懂人類語言和生活技能，於是匿藏遠郊一家農舍，暗自觀察戶主一家人的生活。過了一段日子，怪人以為戶主他們會接納牠，某天毅然現身相認，卻

遭怒不可遏的戶主摔落地後舉棍揮打。怪人狼狽地逃出棚舍，自此更痛恨人類，誓要報仇。

　　怪人離開農舍後，返回法蘭克的實驗室，並要求法蘭克創造一名女怪人來陪伴牠，法蘭克原本答應了，但最終還是拒絕要求。怪人後來殺死法蘭克的朋友克萊瓦，並且嫁禍法蘭克，令他入獄。幸好法蘭克被父親營救回到日內瓦，並與青梅竹馬的伊莉莎白成親。但在新婚之夜，怪人殺死了伊莉莎白，之後更導致法蘭克的父親憂傷至死。悲憤的法蘭克四處追殺怪人，一直追至北極，後來因不敵苦寒而先死去，而怪人亦感懷身世，於是堆起火葬台自焚，跟隨牠的創造者燒成灰燼而死，為世界消滅了一個悲哀的惡魔。

《歌劇魅影》

　　早幾年前，在香港文化中心大劇院上演膾炙人口的歌劇「歌聲魅影」（或稱作「歌劇魅影」）大受歡迎，原定 40 場演出的門票（每場約有 1,700 座位），在開售後短短個多禮拜已被搶購一空，還要加場演出才可勉強應付需求。或許這是香港人羊群心理作用，一窩蜂的慕名而來湊熱鬧，又或許是有些港人扮高尚、扮有文化也說不定，但不管怎樣，幾十場演出門票（共約七萬多張），在瞬間全都賣光是鐵一般的事實，作不得假。依這個歌劇狂熱現象看來，若果說香港是個只懂「錢、錢、錢」的文化沙漠，似乎說不過去吧。

　　不講不知道，這齣大受歡迎的歌劇是在近年才被改編過來的，其實由卡斯頓‧勒胡所寫的原著小說《歌劇魅影》已經有一百多年歷史了，它原本是一部偵探推理小說，內容情節比較邏輯理性，故此未有引起大眾的注意，及至近年經過英國作曲家安德烈‧洛伊‧韋伯的改編搬上舞台，變成一個浪漫淒美的愛情故事之後才大放異彩，令人眼前一亮，立即成為世界各地最受歡迎的歌劇劇目之一。原著《歌劇魅影》就像一塊瑰麗的玉石，儘管珍貴無比，但因未曾經過巧手工匠的雕琢和精靈生意人的推銷，美玉可能長埋山野，得不到

世人的賞識，而現在能夠被世人廣泛流傳，套句中國老話來說，那就是「千里馬遇上伯樂了」。

《歌劇魅影》講述一個天才橫溢、博學多才，但相貌卻奇醜無比的艾瑞克的愛情故事。因為他的容貌實在太醜陋，就連他的父母也不想看見他，於是終日要他戴上面具。雖然他才華非凡，但卻得不到別人的認同，所以，他只能夠四處飄泊討生活。後來，艾瑞克厭倦了流浪的生活和別人異樣不屑的眼光，於是匿居於法國巴黎歌劇院的地下世界，過著避開世俗的孤獨生活。

然而天意弄人，艾瑞克在不知不覺間愛上了劇院的一位演員——年輕漂亮的克莉絲汀。他運用了在音樂藝術上得天獨厚的天份，悉心教導克莉絲汀唱歌，把她的歌唱造詣提升到「天使之音」的境界，令她由一個寂寂無聞的小演員，搖身變成一位光芒四射、家喻戶曉的出色演唱家。就在這個教與學互動的過程中，艾瑞克對克莉絲汀的愛慕之情有增無減，已經去到一個盲目失去理性的地步，不能自拔。

恰巧在這個時候，克莉絲汀跟她青梅竹馬的小戀人維克姆特子爵重遇，兒時的真摯感情，使他們倆很快再墮進愛河裡。艾瑞克看在眼內簡直妒火中燒，在沒有人分擔他的感受和壓力下，他做出了很多稀奇古怪的行徑，對劇院不知就裡

的人來說，便以為有一個如鬼魅般的怪物在歌劇院出沒，叫眾人惶惶不可終日，「歌劇幽靈」的傳言不逕而走，加上艾瑞克對巴黎歌劇院的設計了然於胸，所以能夠輕易神出鬼沒的戲弄各人於掌上。

另一方面，克莉絲汀面對選擇恩師與愛人之間的痛苦掙扎，最終她選擇了離開鬼魅恩師。艾瑞克因而大受打擊，實在已不能自控，竟然在眾目睽睽的當兒擄走了克莉絲汀，逼她答應跟自己結婚，要不然就要和所有人同歸於盡——因他在劇院的周圍，埋下了足以令它整座倒塌的炸藥。克莉絲汀給這個駭人、但又如此可憐的鬼魅恩師逼得快要發瘋了。維克姆特為了營救被鬼魅綁架去了的愛人，被困在機關處處的劇院地下世界裡，生死繫於一線。幸好在千鈞一髮之際，艾瑞克感受到愛的呼喚，體會到真愛並不一定要擁有的真諦，終於釋放了克莉絲汀，令她可以跟她相愛的維克姆特，雙雙離開巴黎隱居去了，而艾瑞克過了不久便黯然離世。

《歌劇魅影》故事令人掩卷歎息、唏噓無奈，究竟艾瑞克是可憎、可怕、可愛、可悲、抑或是可憐？也許留給讀者自己去感受和評價好了。

P.S. 由 Sierra Boggess 演唱的「歌聲魅影」插曲 *"Wishing You Were Somehow Here Again"*，主題曲 *"Phantom of the Opera"*，以及與 Michael Ball 合唱的 *"All I Ask of You"* 非常悅耳動聽，是筆者最喜愛的歌曲。

《白朗峰上的約定》

　　艾狄安娜‧翠吉亞妮所著的《白朗峰上的約定》，是一本描寫一對意大利北部山區男女西羅與安莎，在第一次世界大戰期間一段刻骨銘心的愛情故事。

　　西羅和哥哥在幼年時被母親棄養於修道院裡，兄弟二人在修女的照顧下成長。雖然西羅對母親念念不忘，但對她狠心拋棄兄弟二人的事卻一直耿耿於懷。幾年後，西羅因發現了神父見不得人的秘密，被迫匆忙逃離修道院，未趕及與喜愛的人道別便要立刻乘船前往美國，投靠當地一位意大利同鄉製鞋師傅。

　　在另一邊廂，住在阿爾卑斯山白朗峰的安莎，父親是個馬車夫，安莎從小就懂得分擔母親的家務工作，也去附近農家幫忙，賺取全家人的生活費用，是一個很愛護家人的少女。妹妹星兒生病去世後，安莎認識了幫星兒墳墓挖土安葬的西羅，雖然兩人在短暫的邂逅中互生情愫，無奈西羅被迫要逃往美國，更失去了聯絡，安莎只好把對西羅的愛意埋藏心裡。後來，安莎和父親亦想為了改善家人的生活，決定去紐約工

作賺錢，然而安莎意料不及的是，這樣的匆匆一別，卻要在 30 年後才能再踏足家鄉，與家人團聚。

在偶然的機緣下，安莎去到曼哈頓劇場當裁縫助理，藉著她在服裝設計的天賦與用心，成為了當年紅極一時的意大利籍歌唱家卡羅素的御用裁縫師。後來，安莎與受了傷的西羅在醫院重遇，不過當時西羅已有女友，安莎只好暗自神傷，繼續將愛意掩藏。而西羅回想起兩人年少時在家鄉白朗峰上的甜蜜約定，重燃對安莎的愛火，但卻沒有表露心跡。

西羅為了盡快取得美國公民身份，於是自願從軍參加第一次世界大戰，卻在法國戰場吸入毒氣受了傷，幸好保住了命。從戰場回到美國的西羅，知道安莎即將結婚，覺得過去兩人一直錯過了對方，曾經走過生死關頭的西羅現已明白，懂得怎麼才能抓緊真愛，他於是鼓起勇氣，從正在教堂行婚禮中的安莎帶走，西羅和安莎二人有情人終成眷屬。之後，西羅與安莎搬往明尼蘇達開拓自己的製鞋事業，在兩人的辛勤工作下，建立了一個幸福美滿的家庭，育有一名相貌極像西羅的兒子。可惜花無百日紅，因為曾在戰場上受到芥子毒氣傷害，西羅在不久之後患上惡疾病逝，兩人無法白頭終老。安莎最終克服了嚴重暈浪症，在兒子的陪同下，回到相隔三十多年的意大利家鄉。

《白朗峰上的約定》以一、二戰大時代做背景，作者以優雅細膩的文筆，殷實深刻地重現了意大利人在這段艱苦歲月中，為生活移居國外的血淚史。藉著男女主角的浪漫愛情故事，帶出意大利山區居民的純真質樸、修道院修女的母愛柔情、意大利同鄉的慷慨義氣、以及美國人的自由不羈。主角西羅與安莎的曲折戀情更是緊緊抓住讀者的心，令讀者牽腸掛肚，恨不得兩人早日重逢，不再受命運折磨，衷心為他們倆祈求一個幸福圓滿的結局。

《堂吉訶德》

　　塞萬提斯本來是一名傷殘退役西班牙軍人，也是一位潦倒的文人，後來他創作了《堂吉訶德》這部經典小說而得以名垂千古。故事講述堂吉訶德（Don Quixote）這位虛構的奇情異想的西班牙紳士，他自命為騎士（類似我們所說的「大俠」），穿著一身盔甲，騎著一匹瘦馬，帶同騎一頭老驢跟隨的侍從桑丘潘沙，自17世紀以來走遍世界各地，前後共三次出門，到處發揮他所謂「鋤強扶弱、抱打不平」的騎士精神。其實，堂吉訶德只是一個瘋癲可笑的妄想者，不過，作者認為世人多半都是瘋子，他們與堂吉訶德所不同之處在於瘋癲的種類而已。在塞萬提斯筆下的堂吉訶德，是一個可笑又可愛的傻子，是個有理性、講道德的法國紳士，因為想像力和純粹理性太強，卻變成了悲劇性的角色，而作者創造堂吉訶德的意圖，是眼淚而不是歡笑。

　　自稱「哭喪著臉騎士」的堂吉訶德外貌高瘦，看似精明，但卻是個誇張滑稽的鬧劇角色，他閒來無事就埋頭看騎士小說，變賣了好幾畝田地去買書看，並且看得迷了心竅而走火入魔，竟立志要去做個遊俠騎士，親自披上破盔甲，拿起舊銅劍，騎一匹稱為「駑騂難得」的瘦馬漫遊世界，到各處獵奇冒險，誓要清除消滅一切暴行。他深信當種種艱險都經歷

過後，將來他的功業便能跟古代的遊俠騎士一樣名傳千古。他的侍從桑丘潘沙，身材矮小肥胖，是個頭腦簡單性格憨直的鄉村農夫，一心以為跟隨堂吉訶德走遍各地之後，便會給他獎賞一個富裕小島當總督。主僕倆一高一矮、一瘦一肥、一瘋一傻的古怪組合，構成了一個令人忍俊不禁的強烈對照。

堂吉訶德自封為騎士，並以一名貌醜村婦作為對象，將她幻想為一位名為「杜爾西內婭‧台爾‧托波索」的美貌如花淑女，正於她的豪華大宅，等待著他在行俠仗義之後回來迎娶。在第一次出行時，他看見農夫指罵一名正在偷懶的15歲男孩，於是路見不平、拔刀相助，不分就裡的將那個手無寸鐵的農夫打了一頓，還以為自己是替天行道幫了男孩，誰不知當他離開之後，農夫在盛怒下，真的把男孩打到頭破血流來洩憤。堂吉訶德繼續行程，後來卻又因多管閒事受傷而歸，結束了第一次出門。家人及後把整屋子的騎士小說全燒掉，並阻止他再離家。

在第二次出行時，堂吉訶德帶同侍從桑丘潘沙，趁家人不為意，主僕倆偷偷地出門，一路上做出許多荒唐可笑的蠢事。其中他將幾架磨麥的大風車幻想為無惡不作的巨人，與之「比劍」拼命，不消說當然「打」不過風車，還被旋轉的風車葉弄得遍體鱗傷。之後，他把普通旅店看作城堡，又將羊群視為敵軍，還打傷了押運囚犯途中的官差，擅自釋放了一批惡囚，卻反被囚犯掠奪，差一點喪命，最後被人用籠子

困著，乘坐牛車押回家中。侍從桑丘也被人當作皮球般拋上拋下戲弄一番，令他感到受辱而耿耿於懷，亦埋怨主人沒有履行承諾給他當總督，聲言以後不再跟隨他。

　　在第三次出行中，主僕二人前往巴塞隆拿，並參加了幾場當地舉辦的比武活動，他們被公爵夫婦請到城堡做客人，讓僕人桑丘正式擔任總督治理名為「便宜了他島」的海島，實際上幕後卻是公爵夫婦故意設計、惡整他們二人的鬧劇。公爵夫婦又教唆堂吉訶德，只要把桑丘打三千鞭，便可換取他的夢中情人杜爾西內婭解脫魔纏，結果令主僕二人幾乎反臉。後來，堂吉訶德的鄰居加爾拉斯果學士變裝成白月騎士，透過騎士道的決鬥打敗唐吉訶德，打醒他的遊俠騎士夢。唐吉訶德被打敗後只好抑鬱回家，之後便一直病倒在床。他在臨死前終於醒悟過來，不再瘋癲，並痛斥騎士小說害人不淺，於是立下遺囑告訴他的姪女說，若要繼承遺產就不准嫁給騎士，甚至那些喜愛讀騎士小說的人。

　　塞萬提斯以誇張的藝術手法，解說人道主意精神，亦透過幽默諷刺的人物描寫，揭示人們的偽善、無知、貪婪、狡猾、固執、冷漠、勢利等人性弱點，並相信「人生只是手段，不是目的。」雖說故事情節荒誕瘋癲，但書中人物的遭遇卻笑中有淚、淚中有笑，讓小說讀者在不知不覺之間，伴隨堂吉訶德和桑丘潘沙主僕二人，在歷險中感受冷暖無定的世情。

《面紗》

倘若與坊間通俗小說比較，文學作品往往給人曲高和寡的印象，閱讀起來需要很多思考和自省，令普通讀者（如我）容易感到沉悶和疲倦。威廉・薩默塞特・毛姆這部長篇小說《面紗》雖以文學作品為包裝，卻給人意外的驚喜，故事情節出奇地吸引，令到讀者愛不釋手地捧著書來追看。尤其對於香港讀者來說，更多一份熟悉的親切感，因為小說故事發生在英國的前殖民地——香港，以及一個創作出來的中國內陸地方「湄潭府」。

女主角凱蒂容貌標緻，任性不羈，是生活於倫敦的一位富家小姐，身邊終日不乏裙下之臣。她愛慕虛榮，對普通男人根本看不上眼，但因母親不斷迫婚，她只好匆匆嫁給了木訥寡言但卻深愛著她的醫生瓦爾特，並跟隨他來到英國在遠東的前殖民地香港生活。婚後，凱蒂很快便厭倦了丈夫的乏味無趣，而無聊的生活使她頓覺寂寞和失落，不久就被甜言蜜語的有婦之夫、官拜至香港政府助理布政司的查理・唐森所俘獲，墜入不倫的婚外情而迷失自我。後來凱蒂和查理的姦情敗露，丈夫瓦爾特為了報復她的薄情和不忠，於是脅迫她一同遷往當時霍亂肆虐的偏遠中國內陸山村——湄潭府，而最終瓦爾特不幸地在行醫期間染病死去。

當凱蒂經歷了湄潭府瘟疫的人間慘況，亦親歷了丈夫的猝然逝去，以及感受過修女們的無私大愛之後，令她對自己的狹隘人生和對情愛的放縱不羈，感到自慚形穢並且大徹大悟，亦因為查理對她的死活漠不關心，而看清了他的虛情假意。然而凱蒂回到香港之後，卻因受不住誘惑而又再重投查理懷抱，最終因羞愧不已而離開香港，與父親同往巴哈馬群島，展開人生新的一頁。

據悉，《面紗》是毛姆根據自己於 1919-1920 年遊歷中國的親身經歷創作而成的，小說展示了愛與責任、背叛、覺醒和救贖等主題。故事中的人物臉上都披上一層薄薄的面紗，令別人看不清真正的自己，但亦令到自己看不清外面的世界，各人留戀在自我感覺良好的虛像之中。作者認為惟有將這塊面紗完全掀開，才可以令我們覺醒人性的不足與弱點，重新建立人生希望和勇氣，並且告別過去，懷著輕鬆坦蕩的心情邁向新生。

《小心輕放》

「凡事皆會破裂;破曉、破浪、破音。承諾會被打破。心會破碎。」——茱迪・皮考特的《小心輕放》

一位母親最痛心難受的,莫過於眼巴巴看著女兒長期受病痛折騰,自己卻無能為力。《小心輕放》的故事中,父母尚恩・歐齊福和夏洛特的小女兒小柳出生時已患上「成骨不全症第三型」,俗稱「玻璃骨」,因膠原不足而導致全身骨頭脆弱,稍稍大力碰撞便會骨裂或骨折,痛入心肺,而且傷口很難癒合,需要長時間配戴石膏矯正器。雖然尚恩和夏洛特為小柳付上無數個失眠的夜晚,並且導致債台高築,但外人對這種罕有的疾病似乎不大認識,有時甚至有所誤會。在一次去樂園出遊時,小柳股骨嚴重斷裂,竟被遊樂園認為她的骨折是虐待兒童所致,遂控訴小柳的父母。

在打這場官司的過程中,尚恩和夏洛所委託的辯護律師建議他們以「不當出生」來控告夏洛特懷孕時負責的婦產科醫生,若在懷孕初期便診斷出胎兒患有先天成骨不全症,那麼夏洛特便能及早墮胎。而他們提出的訴訟對象是派普,即夏洛特的好友兼婦產科醫生,也是小柳的教母。

夏洛特和尚恩的大女兒小愛，覺得父母只關注妹妹，自己卻完全被忽視，心情鬱抑之下患上暴食症，並以自殘的方式釋放壓力。另一方面，尚恩和夏洛特兩夫妻也因訴訟產生不少分歧而考慮離婚，但最終還是因為互相諒解而復合。在審判期間，他們提出了懷孕第18週的超音波照片，證實婦產科醫生派普應該可以發現「成骨不全」徵狀，並應該建議夏洛特立刻終止懷孕，但她卻沒有這樣做。法庭最終判歐齊福夫婦勝訴，獲賠八百萬美元醫療保險，而派普醫生因此被迫失去專業資格並黯然離開了醫院。

小說寫到近尾聲章節時，歐齊福家庭因獲得巨額賠償，生活得以顯著改善，小愛的暴食症也逐漸痊癒，可惜不幸地，有一天小柳走到一個結了冰的池塘，雖小心翼翼地踩在上面，但卻因為冰面承受不住她的重量碎裂而掉進水中溺斃，小柳在臨死前想著：「這一次，破裂的不是我。」

雖然《小心輕放》只是一部小說，故事發展難免稍帶點戲劇性，但作者茉迪·皮考特的確走訪參考過很多真實個案，小說裡很多情節亦曾經在現實病人家庭中發生過。讀完這部小說後，令我印象最深的是這句話：「盡職的母親與好母親之間是否有差別？一個盡職的母親跟隨孩子的每一個步，而一個好的母親令孩子想要跟隨她。」倘若日後我們遇見患上「玻璃骨」的人士，除了多加一分同情之外，也許更需要給予患者家人多一分的尊重和鼓勵。

《金翅雀》

　　《金翅雀》是當代美國作家唐娜‧塔特所著的一部長篇小說，在 2013 年出版，榮獲 2014 年普立茲小說獎，並在 2019 年被改編成同名電影。全書以 27 歲美國男子提奧多‧戴克第一人稱的故事倒敘進行；在他 13 歲時的一天，單親的提奧多跟母親回學校前，順道到紐約大都會藝術博物館參觀畫展，其中包括有母親最喜愛的畫作——荷蘭畫家卡爾‧法布里蒂烏斯的〈金翅雀〉。在博物館裡，提奧多被一位觀展老人和紅髮小女孩所吸引。博物館突然發生爆炸，包括提奧多母親在內的很多人當場喪生，在爆炸後的廢墟中，身負重傷的老人交給提奧多一枚戒指，並著他拾起〈金翅雀〉那幅畫逃生。

　　失去了相依為命的母親，提奧多搬進了兒時好友安迪‧巴伯的家暫受託管。他遵從老人的遺願，將戒指交給了老人的合作夥伴，暱稱「霍比」的詹姆士‧霍巴特。提奧從霍比處得知，罹難的老人名叫威爾頓‧布萊威爾，與霍比一起經營一間古董店。和威爾頓在博物館同行的紅髮小女孩名叫皮帕，是威爾頓的外甥女，在她母親去世後一直與霍比和威爾頓一同生活。之後，提奧多與霍比成為了朋友，不時來古董店探訪霍比和在爆炸中受傷的皮帕，並且對皮帕暗生情愫。

過不多時，早前拋棄提奧多母子的生父突然帶同自己的新女友到訪，將提奧多接到了他們在拉斯維加斯的居所。提奧多起初以為生父是良心發現，但後來才得知，父親這樣做純粹是為了爭取提奧多的鉅額撫養保險金。提奧多暗地將油畫〈金翅雀〉帶到拉斯維加斯並展開新生活，結識了一位來自烏克蘭的反叛少年波里斯，他們很快變成為密友，每天飲酒、吸食大麻和其他毒品。不久後，欠下賭債累累的提奧多父親在一宗車禍中離奇身亡，提奧多決定告別波里斯，孤身一人返回紐約，寄居在霍比的古董店，並重遇朝夕想念的皮帕。

　　八年後，成年（約 21 歲）的提奧多已經成為霍比古董店的合夥人，皮帕則搬到倫敦與男友共同生活。由於擔心自己被當作盜畫賊，提奧多一直將〈金翅雀〉藏在一間租賃貨倉裡。後來，他與好友安迪·巴伯的妹妹訂了婚，但依然為自己對皮帕的愛而痛苦不安，只能從兩人在紐約的偶爾重逢相聚得到快樂，並逐漸染上對藥物的依賴，還為了幫助霍比度過財困而開始出售贗品文物。盜取〈金翅雀〉和售賣假文物的秘密，令提奧多飽受惶恐與罪惡感的折磨，終日忐忑不安。

　　後來，提奧多與波里斯在紐約相遇，後者此時已經娶妻生子，並靠著不法勾當賺取了很多財富。波里斯向提奧多坦白承認，自己在拉斯維加斯時已將提奧多的〈金翅雀〉偷走，

而提奧多在貨倉中隱藏多年的包裹，其實只是被調包的假貨，真正的畫作一直被用作不法交易的抵押物，並在一次出了差錯的交易中下落不明。

提奧多很震驚，但波里斯表示自己一直以來都懊悔不已，始終想要幫助提奧多尋回〈金翅雀〉。在提奧多的訂婚宴會上，波里斯不期而至，聲稱自己已經找到了尋回畫作的方法，並把提奧多帶往荷蘭阿姆斯特丹。波里斯和手下成功將畫作從偷走它的毒販處竊回，但在糾纏中，提奧多和波里斯各自擊斃了毒販的一名殺手，而畫作也被對方另一人搶走，並且消失無蹤。

波里斯將提奧多一人留在阿姆斯特丹一所賓館房間，自己離開並繼續追查畫作下落。孤單的提奧多擔驚受怕，整日飲酒吸毒，他打算離開荷蘭但未能成功，絕望之中嘗試自殺。幾天後，波里斯重新現身，告訴提奧多自己向專門負責尋找遺失藝術品的警察報了信，包括〈金翅雀〉在內的多幅失竊名畫已經被尋回，波里斯還得到了一筆巨額獎金。回到紐約後，提奧多用波里斯送給他的獎金，逐件將自己賣出的假文物贖回。

《金翅雀》被譽為是一部「既觸動心靈，又觸動思想」的作品，值得讀者一讀再讀，並從每一次閱讀中都可以發現新的美妙之處，就如參觀博物館展藝廊一樣，感覺歷久而常新。

《一九八四》

　　於 1949 年出版，由英國作家喬治‧歐威爾所寫的《一九八四》，與《我們》和《美麗新世界》被譽為 20 世紀反烏托邦小說的三部代表作，內容探討極權主義、政府權力過分伸張、以及對社會所有人和行為實施壓抑性統治的境況。故事發生在 1984 年——即設置為 35 年後虛構想像的未來，在其構想中，世界大部份地區都陷入了一場永久的戰爭、政府監控無處不在、以及歷史資料全都是虛假杜撰的世代。

　　在小說中，英國成了超級大國「大洋國」的一個省，整個國家由「黨」所支配，它僱用了大量思想警察去迫害個人主義者和獨立思考者。黨的領導人是「老大哥」（Big Brother），喜歡強烈的個人崇拜，但他可能根本不存在。「老大哥在看著你」的標語海報佔據了整個城市，而無處不在的「電幕」（一種有監控鏡頭的電視）在私密和公開場合全日無間地監視著公眾。在意識形態上，黨的說話就是真理，黨說 2+2=5 就是 =5，若說 =4 或其他答案便是反叛黨、反叛老大哥，是罪無可恕的行為，可被判重罰甚至死刑。

小說的主角溫斯頓・史密斯是一名外圍黨員，地位比無產階級的群眾稍高而已，他在負責宣傳和修改歷史的黨真理部工作，專門處理重新編寫過去的報紙，好讓歷史只記錄支持黨的發展路線，並以虛假的資訊取代真相來瞞騙人民，也銷毀那些可以證明政府干擾歷史記錄的證據，並將「非人」從歷史上抹去，「非人」是指被人「蒸發」的人，即不僅被國家殺掉，並在歷史上或記憶上抹去這個人的存在。溫斯頓是一個勤勞且精巧的工人，但暗地裡卻憎恨黨，並且夢想著反叛老大哥，他將不滿記在日記裡，因此日記裡存留有他對黨和老大哥的負面看法——這本日記如果被發現，將會是足以判他死刑的證據——而最終被思想警察發現了。

　　另一方面，溫斯頓與小說部的工作者茱莉亞互生情愫，經常在一間小店閣樓偷情幽會，以為那裡是安全可靠的（因黨不允許黨員發展私情的）。誰不知，他們被貌似誠懇可信的小店店主舉報，而思想警察亦早已發現他們的反叛行為並監視著，待時機成熟便逮捕他們。

　　思想警察將溫斯頓送到 101 室——黨機構內最令人害怕的房間，因為裡邊的東西是「世界上最可怕的東西」，而對溫斯頓來說便是老鼠，因溫斯頓最怕的東西是老鼠，在拷問時他被一袋活老鼠套在頭臉上。茱莉亞為求自保出賣了溫斯

頓，抖出所有關於溫斯頓反黨思想的秘密，而當茱莉亞再次看見溫斯頓時，卻若無其事地直認出賣了他，連半點羞愧難堪的感覺都沒有。經過被思想警察進行監禁、審問、拷打和再教育，溫斯頓終於成功地被完全洗腦，他在被槍決的一瞬間意識到「他戰勝了自己，他愛黨、愛老大哥。」

當 2+2=5 的時候，人性和價值觀已被扭曲，人類的良知亦已被埋沒，或許到時我們開始懷疑，會否再那麼渴望烏托邦的來臨？

《美麗新世界》

　　1932 年，赫胥黎的《美麗新世界》（*Brave New World*）一出版，立即引起知識份子的哄動，這部小說被譽為 20 世紀的代表巨著，又與《一九八四》和《我們》二書共稱為 20 世紀三個負面的烏托邦。

　　《美麗新世界》的書名出自莎士比亞的《暴風雨》：劇中女主角米蘭達自幼在與外界隔絕的孤島長大，當她首次看到一批衣飾華麗的人們時，並不知道他們醜惡的內心而脫口讚歎：「人類有多麼美！啊，美麗的新世界，有這樣的人在裡頭！」

　　故事設定的時間是公元 26 世紀左右，在這個想像的未來新世界中，人類已經人性泯滅，成為在嚴密科學控制下，身分被註定、一生為奴隸的生物。故事裡，人類被劃分為「阿爾法（α）」、「貝塔（β）」、「伽瑪（γ）」、「德爾塔（δ）」、「愛普西隆（ε）」五種階層。阿爾法和貝塔最高級，是領導和控制各個階層的大人物；伽瑪是普通階層，相當於平民；德爾塔和愛普西隆最低賤，只能做體力勞動工作，而且智力低下。

管理人員用試管培植、「條件制約」等科學方法，嚴格控制各階層人類的喜好，讓他們用最快樂的心情，去執行自己一生已被命定的消費模式、社會階層和崗位。真正的統治者則高高在上，一邊嘲笑，一邊安穩地控制著制度內的所有人。

　　嬰兒完全由試管培養，由實驗室中倒模式地製造出來，他們完全不需要書本和語言，而男女間毋須負責任的性愛，成為人們麻痺自己的正當娛樂，倘若有情緒問題便用「索麻」麻痺，所謂的「家庭」、「愛情」、「父母」……皆成為歷史名詞，社會的箴言是「共有、統一、安定」。

　　相對於「文明社會」，地球上還有一個名叫「野蠻人保留區」的地方，給予那些仍保留自然生育和舊式社會結構的人類生活著。原本生活在「野蠻人保留區」的野蠻人約翰，被帶往文明外界的倫敦。約翰到倫敦後，當地人非常驚訝，因為野蠻人有太多使他們大惑不解的地方，而野蠻人對於文明社會的狀況也難以明白。他為了人生自由、解放城市人而努力，與管治階層產生衝突，後來和一些人對社會的文化有所討論和反抗。事後這些人被流放到外島，而約翰也不願被實驗，於是離開了倫敦，到一處荒廢燈塔隱居，過著苦行的生活，卻仍被蜂擁而來的城市人取笑和白眼，最後約翰絕望自盡。

2011/8/25

出版社對本書的介紹為：「本書是當代著名的小說家阿道斯・赫胥黎的偉大傑作，是 20 世紀人類對未來文明展望的一部最深刻撼人的作品。作者在本書中引用了廣博的生物學、心理學知識和高度的文學技巧、哲學眼光，為未來作了全盤性的推想和臆測。書中不僅為科學極度發展下的人類前途作一種警告性的預言，更刻劃出現代人在科學壓力下的孤絕無助之感，在一個沒有自由、沒有信仰、沒有美和善可言的社會中，人性的煙滅與覺醒，知識份子渴求心靈開放與自由的吶喊。本書為赫氏之代表作。他出身於學者世家，祖父及長兄皆為世界聞名之生物學家，故能涉獵群籍、旁徵博引。本書所有的預言皆具有其科學背景。赫氏亦因此書轟動歐美文壇，榮獲 1959 年美國文學藝術學會小說獎。實為現代人不可不讀之時代鉅作。」。

烏托邦似乎比我們過去所想像的更容易達到了。而實際上，我們發現自己正面臨著另一個痛苦的問題：如何去避免它的最終實現？……烏托邦是會實現的。生活正向著烏托邦邁步前進。或許會開始一個新的世紀，在那個世紀中，知識份子和受教育的階級將夢寐以求逃避烏托邦，而回歸到一個非烏托邦的社會──越少的「完美」，就越多的「自由」。

（Nicolas Berdiaeff）

《追風箏的孩子》

　　於 2003 年出版的長篇小說《追風箏的孩子》，是美籍阿富汗裔作家卡勒德・胡賽尼所著。故事從 1970 年代的阿富汗開始，主角阿米爾出生於 1963 年，是一名喀布爾地區的富家少年，而他的童年好友哈扎拉少年哈山，則是父親的僕人阿里的兒子。阿米爾和哈山自幼一同長大，感情非常要好，二人經常一起參加喀布爾當地的鬥風箏比賽。按當地風俗，「鬥風箏的人」用自己的風箏線將別人的風箏線切斷之後，他的拍檔「追風箏的人」要去追到掉落的風箏，之後就可以擁有它作為戰利品。阿米爾擅長在鬥風箏時切斷別人的風箏線，而哈山則擅長追風箏，幾乎未曾失手過。

　　阿米爾的爸爸是個成功的地毯商人，他對兩個孩子都很喜愛，尤其對哈山更有一份多於主僕之間的關愛，但對阿米爾的要求則較高。另外，阿塞夫是當地臭名昭著的惡霸少年，年紀比阿米爾和哈山稍大，經常欺負其他少年，他特別討厭阿米爾，因他與被視為劣等民族的哈扎拉人哈山為伴。阿塞夫屢次想傷害教訓阿米爾，但卻被哈山阻止，令阿塞夫懷恨在心。

其後，阿米爾在一年一度的風箏比賽中勇奪冠軍，贏得了爸爸的讚賞。比賽結束時，哈山跑去追趕最後一個掉落的風箏作為阿米爾的戰利品，離開之前對阿米爾說：「為你，千千萬萬遍。」然而，哈山找到風箏之後，卻在小巷中遇到了阿塞夫並要搶走哈山手中的風箏，更聯同其他幾個惡棍，將哈山重重地打傷和雞姦了他。阿米爾恰巧目睹了這一切，但因為害怕失去風箏而沒有挺身而出，沒有保護自己的好朋友。他的內心充滿愧疚感，但又怕自己的怯懦可能會毀掉爸爸對他的好感，因此沒有將自己看到的事情告訴任何人。

之後，阿米爾由於內疚而無法面對哈山，於是和他漸漸疏遠，並認為如果能遠離哈山，生活將會比較輕鬆。於是阿米爾陷害哈山偷了爸爸送給他的手錶和錢，希望爸爸因此趕走哈山。哈山儘管已經知道自己是被陷害的，但還是向爸爸承認是自己所為。然而，爸爸卻原諒了哈山，但阿里和哈山不顧爸爸的挽留，堅持要離開。雖然阿米爾從此不用每天看到哈山就想起自己的懦弱和背叛，但無法抹掉對哈山愧疚軟弱的自責。

蘇聯軍事入侵阿富汗後兩年，爸爸帶著阿米爾為躲避戰亂逃往美國加州定居下來。爸爸在當地的一個加油站工作，不久後病逝。阿米爾大學畢業後當上了作家，結識了也是從阿富汗逃難出來的索拉雅‧塔赫里並結為夫婦，過著美滿的

婚姻生活，本已忘記兒時在家鄉阿富汗令他懦弱羞愧的往事。後來，他從一位親如父子的長輩拉辛汗臨終前得知，原來哈山其實是他爸爸與僕人阿里妻子所生的私生子，即是他的同父異母兄長，早些年哈山也結了婚，育有一個兒子索拉博，並留在喀布爾居住。塔利班掌權之後推行暴政，迫害哈扎拉人，他們強佔了哈山的房子，並將哈山和他妻子當街槍斃。拉辛汗希望阿米爾能回到喀布爾，救回在當地孤兒院生活的索拉博，贖回他的罪疚。

阿米爾出發前往喀布爾，幾經轉折終於得知索拉博的下落，原來他當時已不在孤兒院，而是被現正是塔利班首領的阿塞夫囚禁在家中，並對他性侵犯，強迫他穿女裝為他跳舞。阿米爾於是去找阿塞夫。阿塞夫開出把索拉博帶走的條件——必須要和阿米爾對打。文弱的阿米爾當然打不過強健的阿塞夫，但不料在打鬥過程中，索拉博用彈弓打瞎了阿塞夫的左眼，阿米爾遂帶著索拉博成功逃脫。

索拉博跟著阿米爾去到美國後，因過往殘酷的經歷而失去了對人的信心，即使對收養了他的阿米爾夫婦也沒有交流。直到一年後，阿米爾帶索拉博去公園放風箏，向索拉博展示哈山最擅長的鬥風箏技藝，切斷別人的風箏線。故事到最後，索拉博只是對阿米爾淺淺地微笑了一下，阿米爾卻心花怒放，

為索拉博去追趕掉落的風箏。跑去追趕風箏之前，他對索拉博說：「為你，千千萬萬遍。」一句兒時哈山常對他說的話。

小說前半部份中，阿米爾未能保護哈山免受暴力傷害，就此引出了整部小說所突出的「罪惡感」和「救贖」的主題；小說的後半部份則圍繞阿米爾在 20 年後的贖罪歷程。《追風箏的孩子》後來被改編拍成電影，在世界各地上映，故事情節逼真感人，深獲觀眾好評，而劇中人在戰亂地區掙扎求生的艱辛經歷，亦令我們深深體會到「幸福不是必然」的感悟。

《咆哮山莊》

　　很多人說：「愛情是極端的，愛的反面便是恨，並沒有中間路線。」這句話乍聽起來好像是挺合理似的，但倘若經過細心思考，卻會覺得好像在甚麼地方出了問題，事情不應該是這樣的。

　　於 1850 年出版，英國女作家艾蜜莉‧勃朗特所寫的文學經典名著《咆哮山莊》就是描寫一個「因極愛變成極恨」的故事，而那怨恨的結果，是將兩個大好家庭上下兩代人的幸福，完全被那種因愛而生的仇恨所摧毀，讀後不禁令人掩卷慨歎、唏噓不已。

　　咆吼山莊主人老肖恩原本已有一對子女，兒子辛德利和女兒凱薩琳，但他因為好心腸，多收養了一個身世可憐的吉卜賽男孩，取名為希斯克里夫。老肖恩對這男孩特別疼愛，因此惹來兒子辛德利的不滿和怨憤，而另一方面，希斯克里夫與女兒凱薩琳因竹馬青梅而日久生情，長大後仍然形影不離。

老肖恩死後，兒子辛德利繼承了咆吼山莊，他為了報復，於是將希斯克里夫貶為奴僕，刻意百般愚弄折磨他。妹妹凱薩琳儘管深愛希斯克里夫，但為了金錢和社會地位，嫁給了富有和英俊的畫眉田莊主人林頓埃德加，令希斯克里夫傷心欲絕，在一個狂風暴雨的晚上偷偷逃離咆吼山莊。

幾年後，希斯克里夫意外地賺了很多錢而成為一名富人，於是決定報復曾經迫害他的（肖恩）辛德利以及奪走他愛人的（林頓）埃德加（即凱薩琳丈夫），因此他再次回到咆吼山莊，誓要將這個莊園摧毀在他手上。他首先利用賭博，奪去了辛德利所有的財產和咆哮山莊的業權，待辛德利被潦倒生活壓垮而死之後，希斯克里夫刻意將辛德利的年幼兒子哈里頓「教養」成一個粗鄙、無知和自卑的下人。

之後，希斯克里夫還誘騙了畫眉田莊林頓埃德加的妹妹伊莎貝拉跟他私奔，造成林頓兄妹反臉失和。林頓埃德加與（妹夫）希斯克里夫之間的矛盾越來越大，使得凱薩琳（埃德加妻子、希斯克里夫的舊愛）內心掙扎不已、痛苦不堪，最後她在誕下女兒小凱薩琳後，於生產過程中死去。在另一邊廂，伊莎貝拉在婚後看清了希斯克里夫的惡毒真面目，亦不堪他的刻意虐待，於是悄悄逃到城市裡，並且誕下兒子小林頓（她刻意不用孩子父親希斯克里夫的姓氏，而改用自己林頓家族的姓氏）。

希斯克里夫將兩個家族的上一代搞得一團糟仍未感滿足，他還強迫林頓埃德加，交出伊莎貝拉的兒子小林頓，之後，又設法強迫林頓埃德加（與凱薩琳所生）的女兒小凱薩琳，嫁給體弱多病而命不久矣的（希斯克里夫與伊莎貝拉所生的）表弟小林頓，令她很快便成為寡婦。林頓埃德加不久後也因病死去，遺產與畫眉田莊又輾轉落入希斯克里夫的手裡，而小凱薩琳亦被囚禁在咆哮山莊之內。

故事發展到這裡，希斯克里夫已先後奪去肖恩家族的咆吼山莊，以及林頓家族的畫眉田莊的業權，亦間接迫死了「仇人」肖恩辛德利和「情敵」林頓埃德加，更深深地傷害了他們的下一代。復仇的願望固然得逞了，但希斯克里夫內心卻感到極度空虛和孤寂，他甚至將凱薩琳的棺木掘開，希望能與她的屍骨長相廝守，然而到了最後，他自己還是抵受不住那份失落和寂寞，終日不吃不喝、苦戀而亡。

英國作家毛姆說：「《咆哮山莊》的醜惡與美善並存，而且它所表達的力量也是一般小說家難以企及的⋯⋯我不知道還有哪一部小說其中愛情的痛苦、迷戀、殘酷、執著，曾經如此令人吃驚地描述出來。」並將之推崇為世界十大小說之一。

《蝴蝶夢》

　　《蝴蝶夢》是英國女作家黛芬妮・杜・穆里埃所創作的長篇小說，於 1938 年發表。故事真正的主角是前曼陀麗莊園女主人蕾貝卡（Rebecca），於小說開始時已死去，從未在書中出現，卻通過她的忠僕丹佛斯太太和其他人的憶述，令她的身影音容在故事中徘徊纏繞，繼續控制著曼陀麗莊園的人事物，直至最終這個莊園被燒毀為止。

　　故事講述法國年輕姑娘「我」偶遇英國貴族德溫特・邁克西姆，兩人一見鍾情並閃電結婚，然後一起回到邁克西姆的家——豪華宏偉的曼陀麗莊園。雖然莊園陳設豪華、僕人眾多，但出身寒微的「我」卻很不習慣突然榮升為貴婦人的生活方式，而且前德溫特夫人蕾貝卡陪嫁帶來的女管家丹佛斯太太很看不起「我」，經常對「我」投以冷眼、處處刁難，使得新任德溫特夫人——年輕的「我」很痛苦。同時在與丈夫的相處中，「我」發現丈夫心情低落，常常發脾氣，讓「我」不禁懷疑他仍在懷念前妻。

　　為使丈夫開心，「我」提議要開一次化妝舞會，讓人們感覺到曼陀麗和往常一樣，為給丈夫驚喜，但「我」在不覺

間中了丹佛斯太太的圈套，依她的建議，設計了一套與蕾貝卡死前舉辦舞會時一模一樣的裝束。當「我」出現在丈夫面前時，受到了嚴厲的呵斥。丹佛斯太太在旁冷嘲熱諷——「我」根本沒法子和蕾貝卡相比，並威逼「我」離開曼陀麗莊園，甚至還誘導「我」跳樓自殺。

後來，當蕾貝卡的屍體被發現時，邁克西姆向妻子「我」坦白真相：「你以為我愛蕾貝卡？你這樣想嗎？蕾貝卡是個淫蕩的女人，邁克西姆為了家族的榮譽，又不能和她離婚。後來，蕾貝卡更放肆了，甚至帶著表哥費弗爾經常在海邊小屋幽會。邁克西姆去小屋斥責蕾貝卡，卻被蕾貝卡威脅說她懷孕了並且這個孩子將會以邁克西姆的兒子的名義被生下、撫養成人。邁克西姆在一怒之下一槍擊中蕾貝卡的心臟，然後將蕾貝卡的屍體連同小船沉入海底，以掩蓋事實。」

蕾貝卡的屍體被打撈上岸以後，警察進行調查，雖然費弗爾指控邁克西姆謀殺了蕾貝卡，但屬於「他殺」抑或是「自殺」，則還是莫衷一是。最後，經法醫的證實，蕾貝卡是因患癌症厭世自殺的，所以，邁克西姆可洗脫罪名。然而，費弗爾卻把真相告訴了丹佛斯太太，這個嫉妒心重的女人，竟然縱火燒毀了曼陀麗這座大宅，不讓邁克西姆和夫人再過愉快的生活。從此，美麗的曼陀麗莊園變成了廢墟，「我」只能在夢中回憶這段奇妙的日子。

《蝴蝶夢》無論在故事情節、氛圍經營、人物塑造、心理描繪、以及細膩修辭和深刻文筆，都體現了作者非凡的創作功力和藝術造詣，深深吸引著全球文學愛好者，成為廣受歡迎和傳誦的文學著作。

《黑色鬱金香》

《黑色鬱金香》是法國文豪大仲馬在 1850 年代所寫的長篇小說。黑色的鬱金香比黃色、橙色、藍色的更加罕有和珍貴，是各個鬱金香品種之中的桂冠，因為一般黑色花瓣會吸收太多陽光而容易灼傷花朵本身，所以世上只有極少數接近全黑色的花卉品種。

小說主角考尼·凡比爾雖然是荷蘭政治家考尼·維特的教子，但他對政治不聞不問，完全沒有興趣。他是一位生性樂觀良善且富好奇心的醫生，對於鬱金香有著極大的興趣，過著每天專注於培植鬱金香的生活。

因考尼·維特廢除了荷蘭的專制制度，開罪了很多既得利益的權貴，最終被政敵設計誣陷，並控以叛國罪，在民眾的盛怒下成了國家紛擾不平的出氣袋，慘死街頭。維特在臨死前託付僕人轉交一份機密文件予凡比爾保管，而沒有機心的凡比爾不以為意，一眼也沒看過便隨意把文件放在家裡。

另一方面，凡比爾隔壁住著一位名為鮑斯克的男人，他是靠種植鬱金香來賺錢。鮑斯克對凡比爾培植鬱金香的優異

成績非常嫉妒，終日用望遠鏡觀看他的鄰居在花園裡的一舉一動，越看越對凡比爾憎恨，經常想著找機會陷害凡比爾。

機會終於到了。一天，鬱金香花市協會提出以 10 萬金幣的優厚獎金，公開徵求黑色的鬱金香，凡比爾渴望有機會揚名花卉種植界，於是更加專注培植黑色鬱金香的方法，並已種出了黑色鬱金香的球根。惡鄰鮑斯克連日觀察凡比爾的鬱金香，暗自發誓要把他的鬱金香奪取過來，且奪得那 10 萬金幣的獎金。鮑斯克於是舉報凡比爾收藏（犯叛國罪的）考尼·維特交予的文件，可憐的凡比爾就此帶著成果——三顆黑色鬱金香的球根，鋃鐺入獄。

入獄後，凡比爾認識了獄長的美麗女兒羅莎，她知道凡比爾是無辜的，於是製造機會讓凡比爾逃脫，但誠實的凡比爾堅決留下接受審判，結果被判死刑。就在等待執行死刑的日子裡，凡比爾與羅莎的愛意日益加深，並將黑色鬱金香球根囑咐給羅莎。幸運地，凡比爾在死刑台上劊子手正欲下手之際忽然獲得公爵赦免，之後被帶往另一所監獄。羅莎得悉後，說服公爵調派他父親到凡比爾的新監獄，至此，兩人的情誼已更加鞏固深厚。

經過曲折漫長的遭遇之後，黑色鬱金香終於長成開花了，但不幸地卻被鮑斯克使詐奪走並拿去領取 10 萬金幣。凡比爾

在羅莎的極力幫助下，最終得以證明清白並獲釋放，更說服了鬱金香花市協會，得以從鮑斯克取回 10 萬金幣和成功培植黑色鬱金香的名譽。相反，鮑斯克因承受不住打擊便倒了下去，自此一命嗚呼。凡比爾和羅莎有情人終成眷屬，故事有個令人釋懷愉快的圓滿結局。

《大亨小傳》

　　於 1925 年出版的《大亨小傳》（*The Great Gatsby*），是美國作家法蘭西斯・史考特・費茲傑羅所寫的一部中篇小說，以 1920 年代的紐約市及長島為背景。故事講述年輕而神秘的百萬富翁傑・蓋茨比對黛西・布卡南的執著追求。據說，日本新派作家村上春樹很欣賞這部小說，並以此小說視為他寫作的目標。

　　故事發生在 1922 年夏天，耶魯大學畢業生、一戰退伍軍人尼克・卡拉威（小說敘述人）從中西部移居到紐約，靠販賣債券維生。他在長島西卵區租住了一間小屋，與傑・蓋茨比為鄰。蓋茨比是一個年輕神秘的百萬富翁，經常舉辦豪華宴會，許多人到他家裡吃喝玩樂，但他始終是獨身一人。尼克的表妹黛西・費伊・布坎南和她的丈夫湯姆・布坎南住在東卵區，而湯姆與尼克是大學同學。透過他們夫婦倆，尼克認識了喬丹・貝克小姐，一位充滿魅力的青年高爾夫球手，尼克不經意地愛上了她。她告訴尼克，湯姆有外遇，名叫默特爾・威爾遜，住在「灰燼谷」——西卵和紐約之間的工業垃圾場。不久，尼克和默特爾也成為了朋友，尼克曾到過湯姆和默特爾幽會的公寓，一起舉行放蕩的狂歡會。

後來，尼克在宴會中認識了蓋茨比，發現蓋茨比原來在戰爭中與他同在一個部隊服役。尼克亦得知蓋茨比在早年與黛西墜入愛河，但因為他要去參軍，黛西最終嫁給了湯姆‧布坎南。戰後，他賺了很多錢，在長島買下豪宅，為了可以眺望海灣對面東卵黛西的家，總希望與她再續前緣，而蓋茨比奢華的生活方式與放蕩的狂歡會，只不過是為了吸引黛西的注意力。

其後，蓋茨比透過尼克的安排與黛西會面，自此二人舊情復熾，但他們的再次相戀，令湯姆很快起了疑心，雖然湯姆自己也有情婦，但他對妻子的不忠卻感到憤怒。湯姆在紐約市某酒店與黛西和蓋茨比對質，他揭穿蓋茨比販賣私酒，以及從事其他見不得人的勾當才致富。黛西承受不了這僵局，只想離開那裡，於是蓋茨比先驅車送她回家。

當湯姆驅車回家時經過「灰燼谷」，發現他的情婦默特爾被蓋茨比的車撞死了，之後他的車子卻逃離意外現場。默特爾的丈夫喬治誤以為車主就是自己妻子外遇的對象，對此展開追查。事後，尼克從蓋茨比那裡得知當時其實是黛西開車的，但蓋茨比情願自己頂罪撞死人，也不願揭發自己深愛的女人。

喬治發現車主是蓋茨比後，來到他的豪宅，開槍將蓋茨比擊斃，隨後自殺了斷。尼克為蓋茨比舉辦葬禮，並結束了與喬丹・貝克小姐的關係，看破了東部的生活方式，返回中西部的老家。

《大亨小傳》這部小說被視為美國文學「爵士時代」的象徵作品，深刻的描繪了當年美國那種墮落和放蕩不羈的社會現象，被公認為美國文學的經典傑作。

《鄉愁》

　　《鄉愁》（*Peter Camenzind*）是 1946 年諾貝爾文學獎得主赫塞的著作，這裡所寫的「故鄉」，也可以是指心靈的故鄉，此書撼動過無數年輕讀者的心弦，成為他們探索生命意義和心靈境界的重要指標。

　　小說的內容很簡單，作者以回憶式的自傳體裁，講述阿爾卑斯山區一個農家子弟卡門沁特的成長故事。青少年時期的卡門沁特沒有甚麼特別驚心動魄的經歷，他跟其他當地人一樣，在美麗而險峻的大自然山區生活，經歷過母親離逝、摯友溺斃，求學時被同學欺負與反擊、酗酒沉淪，及後憂鬱流浪、嘗試文藝寫作等等。然而，卡門沁特在愛情方面總是失敗，領悟到「愛情是讓我們知道自己的承受力有多強」的感慨。

　　年輕時的卡門沁特與性格冷漠的父親之間的關係並不融洽，所以在母親病逝之後，卡門沁特為了逃避要單獨面對父親的生活，於是背逆父親的意願，決定走到老遠的瑞士上大學，並且到處遊歷，體驗了德國、義大利、法國和瑞士的風土人情，以及在不同階段的生活中所表現出來的廣泛情感。

面對飄泊無定的生活，他不停喝酒，以此來應對生活的艱辛和莫名的孤獨感。後來他遇見並愛上了伊莉莎白，可惜他們倆的愛情未能開花結果。就在他穿越義大利的旅程，無意中點燃起他熱愛生活並在萬物中看到美麗的能力，當他與病殘傴僂的波比成為朋友時，讓他真正體驗到愛另一個人的意義，他從波比身上見到人類最崇高精神的體現。波比去世後，卡門沁特回到自己的家鄉，並真心關愛地照顧已經年邁的父親。

赫塞以第一人稱「我」來書寫，但是又會常常抽離，像一個旁觀者般看待事情，反而使情感流露更為感人，尤其是以誠懇動人的腔調，書寫愛情、友情、親情，以及對自我的追尋和救贖，常有雋永的哲思滲入敘述之中，引人共鳴。對於那些曾經有過真摯純潔的友情和愛情的讀者讀完本書後，將會深陷前塵往事的漩渦，掩卷沉思良久。

《動物農莊》

「所有動物一律平等，但有些動物比其他動物更平等。」

在 1945 年出版的《動物農莊》是英國作家喬治‧歐威爾創作的寓言小說，是一則諷刺前蘇聯史太林的故事。作者認為蘇聯已是慘無人道的獨裁統治，而這種統治手段建立在對史太林的個人崇拜上，這是作者嘗試把「政治目的和藝術目的合二為一」的著作。

故事由英格蘭威靈頓的曼諾農莊開始講起。由於農莊主人瓊斯先生管理不善、終日酗酒，因此激起了農莊內動物造反的決心。曼諾農莊裡的一頭老公豬「老梅傑」將所有動物召集起來，宣布人類是動物的敵人，於是號召動物要推翻人類，並教會了動物一首革命歌《英格蘭之獸》。老梅傑死後，兩頭年輕的豬，分別叫做「雪球」和「拿破崙」，成為了動物的領袖，並發動起義。最終把瓊斯先生趕出了農莊，然後把農莊改名為「動物農莊」。他們採用了「動物主義七誡」為牠們的法律，其中最重要的一條是「所有動物一律平等」，全部動物都必須遵守。

雪球和拿破崙教動物們讀書寫字，學習人類的文化。動物們食物充足，農莊運營良好。漸漸地，豬們把自己提升到了領導的位置，並給予自己留下特別的食物供應，稱這是為了自己的健康。雪球和拿破崙為了最高領導人的地位互相競爭。過了一段時間，瓊斯先生聯同其他農莊主嘗試重新奪回農莊，拿破崙害怕得躲藏起來，而雪球則帶領其他動物奮力作戰，把進入農莊的人類打得落花流水。因動物們勝利了，所以雪球的支持率激增，動物們鳴槍致敬，稱這次為「牛棚戰役」。之後，雪球有一個興建風車的計劃，希望令到農莊變得現代化。但當雪球宣布他的計劃時，拿破崙驅借故逐了雪球，並宣布他自己才是領導人。

　　當拿破崙成為最高領導人之後，為了鞏固牠的管治權力，於是取消了動物商議大會，改以一個由豬組成的委員會代替，全由豬來運營農莊，並且排除異己，又宣布將開始進行興建風車的計劃，企圖從這些大工程中抽取油水。動物們工作得十分賣力，因為拿破崙承諾，風車建成後動物們的生活將會變得更加輕鬆。但一場猛烈的暴風雨後，風車倒塌了，拿破崙誣衊這是雪球在蓄意暗中破壞的，並開始利用他手下的惡狗來清洗農莊，殺死那些被他指控跟雪球有私交的動物。

　　當一些動物回憶起牛棚戰役時，拿破崙不斷污衊說雪球通敵，並把他自己吹噓為這場戰鬥中的英雄，而「英格蘭之

獸」這首歌被一首讚頌拿破崙的歌曲所取代，拿破崙開始像人類一樣生活；華衣美服、酒足飯飽、以及兩腿走路，並且將最初訂立的七條法律，都變成了唯一的一條法律：「所有動物一律平等，但有些動物比其他動物更平等。」但善良無知的動物們卻仍然相信，他們現在的生活比在瓊斯統治下的好多了。

《動物農莊》以幽默諷刺的筆法，寓意往昔極權國家的階級鬥爭，但相類似的權力玩弄和階級壓搾的現象，不也在今天的先進社會中出現嗎？

《天地一沙鷗》

　　我住在沙田吐露港海濱附近，每天都可以看見一大群海鳥，牠們經常緊貼穿梭水道的船隻飛行，不需要花費多少氣力，便可享用被船尾機驚嚇跳出水面的小魚，累了又可以悠閒的站在船舷休息，乘搭免費順風船。我挺羨慕這些海鳥，牠們並不需要甚麼一技之長也可以輕鬆過活，而且看似生活頗寫意。

　　《天地一沙鷗》（Jonathan Livingston Seagull）是美國作家李察·巴哈於1970年所創作的寓言性小說，它描寫一隻名叫莊納森·李文斯頓的海鷗，他輕蔑單純為求生而覓食的生活現狀，他熱愛飛行遠勝於一切，並從獨立特行再去引導其他海鷗。

　　別的海鷗整天聚集在碼頭邊和漁船旁，只想著撿拾小魚蝦和人類丟棄的麵包屑，可以填飽肚子便足夠了，至於快速飛行、低飛滑翔、潛水捉魚的事情對牠們並不重要，那是獵鷹、塘鵝和信天翁這些飛行專家所做的事。但莊納森認為飛翔才是海鷗的生命意義，為了追求自己的理想，他不斷的每天練習高超的飛翔技藝，體驗翱翔的愉悅，甚至不理會垂手可得的食物，即使瘦到皮包骨，依然不願放棄。雖然失敗過

無數次，亦曾經想過做回一隻普通海鷗算了，但他仍然堅持著追求更崇高理想的決心。

幸運地，莊納森遇上兩隻卓越的海鷗，牠們將他引入新的世界，那裡，所有的海鷗都擁有熱愛飛翔的心。在牠們悉心的指導下，莊納森技藝日益精進。他最終學懂以時速240英里飛行，自由自在的在四千呎高空飛翔，然後以高速俯衝入水捕魚。

掌握了高超技藝的莊納森以為他的族群會歡迎他，但相反，他的鷗族卻因為他的特立獨行而驅逐了莊納森。最後，因為莊納森鍥而不捨的精神，打動了年輕海鷗們的心，而且願意追隨他學習飛翔。莊納森成功地幫助他們超越後天的限制，而這些海鷗也將高超的飛翔技藝承傳下去。

這本書的作者李察・巴哈在此書面世40多年後（2014年），補入了新的一章，作為最後一章。事實上，這是當年他原本寫下來卻擱置了的一章，大意是講述當這些傳授飛行技術的海鷗一隻隻去世，別的海鷗也不再重視飛行了，剩下的就只有空洞的儀式，以及對莊納森的盲目膜拜而已。

《挪威的森林》

　　十多歲正處於青春期的年輕人，必然對人生充滿憧憬與迷惘，既有自己的主張，但又容易迷失自我，而這種任性與迷失帶有的普遍性，是村上春樹小說《挪威的森林》持續受青少年人歡迎的主要原因，該小說自 1987 年出版後，在日本已售出超逾 1,500 萬冊，是日本銷售量最高的書籍。

　　故事講述已經 37 歲的主角兼敍述者「渡邊徹」，在某日乘車途中，聽到由管弦樂演奏的披頭四歌曲「挪威的森林」（*Norwegian Wood*），從而回憶起 18 年前死去的女性朋友直子和男同學木月（Kizuki）。渡邊徹當年在神戶高中畢業後，到東京的私立大學就讀戲劇，喜歡喝酒和看書，但不喜歡與人有深入接觸。他的高中同級男同學木月，與直子是青梅竹馬的小情侶。木月、直子和渡邊三人經常走在一起談天說地，感情非常要好。但不知道為甚麼，木月在自己家裡的車庫中把門窗封密，然後將膠管接上汽車的排氣管開動引擎，吸入一氧化碳自殺身亡，終年 17 歲。

　　木月的死令直子大受打擊，她變得沉默和精神恍惚，高中畢業後便到東京武藏野的大學升學，曾與渡邊徹在電車上

偶然重遇，互道別情之後再沒有相約見面。遇到渡邊的半年後，直子因精神病惡化被送進京都「阿美寮」，一間集體治療精神病患者的療養院。渡邊幾經到處打聽後，到療養院探望直子，當時對她的印象是「小而冷的手，光滑柔順直髮，柔軟的圓圓耳垂和下方的一顆小痣，冬天穿高雅駝毛大衣，總是有凝視對方發問的毛病，經常會因為一點小事而容易發抖的聲音，首先是在側面浮上來。」渡邊臨離開前，直子曾請求他說：「請你永遠不要忘記我，記得我曾經存在過。」當時的渡邊不明所以。直子在之後的秋天自殺，終年21歲，她最喜歡的音樂是「挪威的森林」。

除了直子之外，小說中另一位女主角是小林綠，她是大學一年級女生，因和渡邊徹一起上「戲劇史」課而認識。雖然父母雙亡，但她是個樂觀、開朗和任性的少女，喜歡跟人賭氣和愛撒嬌，卻十分情緒化，討厭道貌岸然的人，很會做關西風味的菜式，有抽菸的習慣，住在父親留下的小林書店內。她與渡邊在興趣上很投契，相處間漸漸愛上了渡邊，最終與渡邊結為情侶。

渡邊糾纏在情緒不穩定而且患有精神疾病的直子和開朗活潑的小林綠子之間，展開了自我成長的人生旅程。小說描寫年輕人在感情之中的掙扎與失落，從中展現出一種迷惘感，作者嘗試給出了簡單的解脫方式，即戀愛、友情、逃避和幻

想，然而這種方式在一些人身上成功，在另一些人身上卻失敗。小說被設置於 1960 年代後期，讓讀者從故事的背景中，隱約看到當時日本的青年運動裡人們的偽善、浮誇和軟弱，以及方向迷失的人生。

《古都》

　　《古都》是日本作家川端康成於晚年創作的一部中篇小說，以 1950 年代的京都為故事背景，並以千重子與苗子兩位不同命運的美麗雙胞胎姊妹為主軸，將傾慕她們的和服編織師秀男和富家子龍助捲進來，四人組合成感情交集的愛情故事。小說中亦描述了京都的多個節日，包括平安神宮的時代祭、葵祭、鞍馬寺的伐竹會、大字篝火儀式等，充滿著濃濃舊日本的傳統文化氣息。

　　千重子本來是一名棄嬰，被佐田太吉郎與佐野阿繁夫婦收養過來。佐田夫婦沒有子嗣，在京都開了一間布料店，專門經營和服批發生意，生活頗為富裕。千重子現年已 20 歲了，樣子標緻、生性聰敏、舉止優雅大方，是佐田夫婦寵愛有加的掌上明珠。

　　同樣 20 歲的苗子住在京都背面北山的杉村，親生父母（亦即是千重子的親生父母）早已先後雙亡，但苗子性格樂觀積極，沒有因此自怨自艾，她幫助當地農家處理木材的粗重工作，過著刻苦清淡的山野生活，雖然如此，但仍難掩她出眾的美貌。

一天，千重子與苗子這對雙胞胎姊妹在八坂神社偶遇，二人方始知道對方的存在，相認後，二人內心既激動又溫暖，深深感受到血脈相連的姊妹親情。手織機店「大友」的長男大野秀男是一位日本傳統和服編織師，很仰慕漂亮優雅的千重子，並偷偷的暗戀她。因千重子和苗子十分相似的樣貌，把秀男給搞糊塗了，她們兩人裝扮起來的時候，真的分不出誰是誰。秀男由於地位差距而不敢向千重子表達愛意，轉而追求苗子，卻被苗子所婉拒，因為苗子知道秀男心中愛慕的是千重子，她自己只不過是個愛的影子和代替品而已。

　　最後千重子依據日本傳統的媒妁之言相親，招贅同業大店「水木商店」的長子水木龍助進門，希望藉由龍助的商業經營能力，扶持佐田家經營不善而逐漸衰落的和服批發生意。小說至此，作者再沒有交代千重子、龍助、苗子和秀男的感情變化，或許他希望給讀者留下想像空間，按各自的心願將故事編織起來。

　　川端康成的《古都》與其他兩部中篇小說《雪鄉》和《千羽鶴》，於 1968 年獲得諾貝爾文學獎，讚揚他以豐富的感情、高超的敘事性技巧，並以非凡的敏銳感，表現了日本人內在精神的特質。

《伊豆舞孃》

在 1926 年發表的短篇小說《伊豆舞孃》，是日本作家川端康成的成名作品。故事透過「我」，一位年約 20 歲東京高中生川島，述說他獨自前往伊豆旅行途中所遇見的人事物。居住在大島的阿薰是故事的女主角，年紀只得 14、15 歲，卻要跟隨哥哥和嫂嫂等一行六人，靠著到處飄泊賣藝、表演唱歌跳舞討生活。有時候，他們從家鄉大島出發，到長岡、河津川、湯島和伊豆等地，一邊表演一邊流浪，兩三個月後才輾轉返回家鄉，稍事休息整裝後，又要匆匆再次出外演出謀生去。

在外面趕路時，倘若運氣好的話，還可以在有瓦遮頭的地方睡覺，不然的話，也只能夠餐風宿露了。在別的同齡少女無憂無慮地唸書嬉戲時，阿薰卻要整天提著重重的大鼓，在日曬雨淋的日子中趕路，又要討好各式各樣的客人，而每天只有清茶淡飯，生活非常刻苦，但她依然對人生充滿希望。另一方面，因為出於興致好奇，川島決定與他們同行一程，體驗一下浪人的生活。同行期間，川島在不知不覺間愛上了阿薰，也在跟流浪藝人們的日夕相處中，感受了雖是陌生人卻能互相扶持和親近相待的寬慰。

阿薰雖然在品流複雜、奔波流離的環境下生活，但她仍然保持著一顆清亮純潔的少女心懷，樂天知命，不嫌勞苦，對人生抱著積極投入的態度，似乎沒有沾上一丁點的塵俗江湖氣味，保存著少女的真摯清純。俏美的阿薰乍看上去比真實年齡大兩三歲，川島曾對她有這樣的描述：「這個舞孃，看來有 16、17 歲，一頭青絲梳成的古典樣兒，越發襯托出那張姣美的瓜子臉，見她眼矐秋水，面薄腰纖，嬝嬝婷婷，大有稗史中繪製的仕女之態。」

　　阿薰不單只善解人意，而且聰明機靈，當川島走過山路之後，阿薰見他雙腳濺滿泥土，於是主動跪下來替他擦拭乾淨，充分表現出日本婦女的溫柔體貼。除歌舞了得之外，阿薰的圍棋技巧也很高，眾多對手包括川島與她對弈都紛紛敗陣，但她對勝負卻只是淡淡然，待人處事應對靈巧自如，恰如其份，給予別人一種舒適無拘束的感覺。

　　旅程到了結束分離的時候，流浪藝人們將要前往下個地點，繼續飄泊賣藝的生活，而旅費將盡的川島也必須回歸自己的生活。然而，雖然是一場短暫的相處，以及一段難有結果的初戀，川島卻因為此段人生經歷，令疲憊和寂寞的心靈得到解脫，重新體會到與人親近並且相互信任的可貴情感。

川端康成的文筆古典精緻、細膩而含蓄，把伊豆舞孃阿薰的純真、機靈、溫柔和感性，透過男主角對她的欣賞，以及跟她的對話中體現出來，而故事的基調由始至終維持一種淡淡的憂傷美，繾綣中令人回味和不捨。

《羅生門》

　　日本鬼才作家芥川龍之介的小說集《羅生門》，分為「人性」、「善惡」、「一個人」和「盡頭」四輯，收錄了包括〈羅生門〉、〈竹藪中〉、〈杜子春〉、〈河童〉等 15 篇短篇小說。他以簡潔尖銳的筆鋒，向讀者坦露深層陰鬱的人性黑洞，被稱為「闇黑人性的極致書寫」。芥川擅長描寫人物性格與玄妙的心理轉折，藉作品暗諷社會醜惡現象，透過這部小說集，可讓讀者全方位認識他的風格與不同時期的變化。在《羅生門》十多篇故事中，最有代表性和最為人所熟悉談論的作品，是在第一輯中的〈羅生門〉和〈竹藪中〉兩個短篇。

　　〈羅生門〉描寫在日本百業蕭條和民不聊生的平安時代後期（約 1100-1185 年間），有一位被主人解僱的武士，徘徊在躺滿屍首的「羅生門」城樓。正當他內心掙扎是否要偷竊維生抑或保持道德餓死的時候，他看見一個老太婆正在拔取一具女屍的長髮，於是出面抓住這個老太婆，責問她褻瀆屍體的行為。老太婆告知這是用來編織成假髮變賣換錢，辯稱這個死人生前把蛇肉假裝成魚肉騙人維生，並認為「自己也是為了維生才拔掉死人的頭髮」。這位饑腸轆轆的武士聽後，

一念之間像想通了，「大家都為求生存不是嗎？」，轉眼間變成強盜，他打昏了老太婆，剝去她身上可以變賣的衣服，趁著天黑逃離現場。故事反映出在選擇生與死之間人性醜惡的一面，似乎只有「以惡凌惡」才是唯一的生存之道。

芥川另一個故事〈竹藪中〉，突顯出在人性中「哪裡有軟弱，哪裡就有謊言」的深層劣根性。小說中同一件事情，每個人卻各執一詞，得不出一個真相，每人都藉著說謊來塑造理想中的自己，並掩飾現實中自己的軟弱。

〈竹藪中〉一名女子在竹林中被強盜強姦，之後離開了現場，她的武士丈夫卻死去。官員於是召集了七個相關人士查詢詳情，包括最早發現屍體的樵夫、路過的僧侶、辦案的差人、被捕的強盜、懺悔的妻子、以及借靈媒之口出現的武士亡靈。然而，除了四個局外人所陳述的環境事實之外，當中三個關鍵人物，包括強盜、女子、借靈媒之口的武士，他們的證辭似乎都各具說服力，但又相互矛盾，各執一詞。

武士的說辭，顯示出他想保持自己的武士形象，與被殺相比，自殺更是一種表現出武士道的崇高精神；至於女人，她意在顯示自己貞操的形象，她因為不甘受辱而先把丈夫殺死再打算自殺，表現出自己被污辱的只是肉體，靈魂仍是貞潔的，最後怯於自殺而逃跑掉。強盜則希望表現出自己的武

藝強者形象，他承認污辱了女子，而她的武士丈夫是跟他（強盜）公平決鬥下不敵被殺的。

　　日本著名導演黑澤明於1950年執導，以芥川龍之介〈竹藪中〉改編為骨幹故事題材，拍攝《羅生門》這套經典電影，轟動整個日本電影界，也被眾人認為是歷史上最偉大的電影之一。而「羅生門」一詞也因而逐漸流行起來，成為「當事人各說各話，莫衷一是，真相不得而知」的代名詞。

《絢爛的流離》

曾經有一段時間我很愛看推理小說，跟著迂迴曲折的故事情節進行抽絲剝繭，嘗試憑著隱藏的線索找出真兇來，然而很多時候故事結果都很出人意表，後來自己回想一下才恍然大悟，發覺原來是忽略了細節而走漏了眼，但亦讚嘆作者佈局的精妙，在閱讀小說的過程中得到很多樂趣。

松本清張是上世紀日本數一數二的著名作家，著作非常豐富，他的推理小說很受愛好者歡迎，而這部《絢爛的流離》可說是他的經典作品之一。整部小說由〈民俗玩具〉、〈小町鼓〉、〈百濟之草〉、〈燈〉、〈陰影〉、〈消滅〉等12個短篇故事組成，以一顆三克拉頂級無瑕鑽戒作為關鍵的道具，貫連穿梳於這些故事之中。

這12個故事順序由昭和初期開始（〈民俗玩具〉、〈小町鼓〉），經過朝鮮的日治時期（〈百濟之草〉、〈逃亡〉等）和日本二戰後時期（〈夕陽之城〉、〈車票〉等），一直到戰後復興期為止（〈消滅〉），一共橫跨了60年，人物足跡遍及日本各地。

故事兇案的行兇動機各有不同，有出於貪婪、慾念和憤怒，亦有因為癡愛、妒恨和恐懼。作者透過不同的故事人物，說出不論是貧窮或富有的人，比如舞藝紅星、能劇名師、軍人、澡堂老闆、妓女和建築工人等，他們內心都潛藏著貪婪、善嫉和軟弱的人性，就像對那顆美麗鑽石的渴求與欲望，已隱喻著不幸與悲劇的開端。然而，作者只是將事件的情節記述下來，沒有直接對這些行為作道德批判，並留待讀者自行判斷是非黑白。在很大程度上，我反而覺得作者對於那些在絕望和迫不得已的情況下行兇的人，寄予相當的同情。

　　在閱讀小說的過程中，除了享受推理故事樂趣之餘，也令我們對於人性有更多的反思自省，亦對當年的日本社會有更深的認識。我很喜歡印在書面頁的簡介：「……因貪婪而慾火焚身、或因為嫉妒而瘋狂，無數的人們來了又走、出現又消逝，只有這顆幾經離奇命運的鑽石，依舊帶著不變的美麗，冷眼看著人世間的悲歡與掙扎……」

《聊齋 —— 新雅名著館》

　　相信大家都曾在電影或電視看過聊齋的鬼怪故事,但蒲松齡原著的《聊齋誌異》卻可能未必讀過(包括筆者在內)。原著全書分 12 卷,由大約五百個短篇故事組成,內容多講及狐仙鬼妖,反映了清朝初期中國的社會面貌,行文用清代時期的文言文寫成,對我們這些現代人閱讀起來有點困難。新雅出版社為了推廣閱讀中國經典的風氣,於是將《聊齋誌異》改編為《聊齋 —— 新雅名著館》(下簡稱《聊齋》),主要的對象讀者是青少年朋友,所以用上淺白直接的白話文,亦只選取原著小說中最具特色的十多個短篇。每個故事的主角,包括「汪士秀」、「聶小倩」、「寧采臣」、「席方平」、「青鳳」、「張誠」等,都是家喻戶曉的人物,令這本書更受歡迎。

　　《聊齋》之所以吸引,不單只是那些離奇古怪的神鬼故事,更重要的是它對人性的精闢剖析,以及對社會各種不公平的尖銳批判。我們這些平凡人,對於遇到不公平的對待都只能顯得無助與無奈,但透過小說人物的超現實遭遇,實現了「善惡到頭終有報」的願望而大快人心,使自己投射到主角的身份際遇之中,便很容易令人產生共鳴。

所謂「善有善報，惡有惡報，若然不報，時辰未到」，一般人渴望的理想社會，其實也就是這麼簡單。原著作者（蒲松齡）塑造了多個正直剛毅的理想人物，包括故事《聶小倩》的寧采臣、《席方平》的席方平、汪士秀、張誠和《黃英》的馬才子等等。這些人物的共通地方，是他們在逆境和誘惑中，都能夠堅守信念，發揮人性的優點，散發出真善美的光明面，將「種善因，得善果」這個佛家哲理發揮得淋漓盡致。

　　在我們一般對「人、鬼、神」的傳統印象中，人是無助的，鬼是害人的，而神是救人的。但蒲松齡卻把我們這個固有印象，用幽默的手法逆轉過來；神未必每個都是好的，鬼也未必每隻都是壞的，而人也可以憑著堅強意志戰勝鬼神。新編的《聊齋——新雅名著館》採用淺白易明的文字，行文流暢自然，又能保留原著故事的精髓，無論是成年人或兒童讀者，都能夠看得津津入味，愛不釋手，十多個故事在小半天已可看完，讀者在閱讀後，或許對鬼魅仙妖會有新的感悟與認知也說不定。

《邊城》

幾年前我到湖南鳳凰古城遊覽的時候，看見當地大小商店和地攤都擺放了《邊城》這本書出售，原來《邊城》是湖南鳳凰縣作家沈從文的一部中篇小說，正是以湖南家鄉和鄰省四川的山水景物作為藍本，全書充滿自然淳樸的鄉土鄉情。

故事講述湖南茶峒山城小溪邊一戶簡樸人家，住著一位掌渡船的老船夫、他的 16 歲外孫女翠翠和一頭黃狗，二人一狗相依為命，過著簡單寧靜的生活。翠翠的母親早年偷偷與當地一個軍人相戀，未婚生下小翠翠後兩人想私奔但失敗，於是相繼殉情，留下老父和小孤女。

當地掌水碼頭大戶的叫順順，他有兩個兒子，大兒子天保刻苦內儉，二兒子儺送能歌善舞。兄弟二人同時間鍾情於小孤女翠翠，但他們沒有按照當地風俗以決鬥分勝負，而是採用浪漫的唱山歌方式表達愛意，讓翠翠自己從中選擇。然而，儺送是唱歌好手，天保自知唱不過弟弟，於是心灰意冷，駕船離開茶峒山城遠行做生意去了。

年邁的船夫正步向人生的終結，而正在荳蔻年華的孫女兒卻情竇初開，對將來充滿幻想。老船夫希望孫女兒能有美滿婚姻，但同時又不願催逼她，以免她重演母親的悲劇。另一方面，翠翠自幼由船夫外公撫養，因此捨不得離開他，雖然年紀漸長，但還未具備面對複雜人事的心智，既依靠外公，又憧憬愛情，並暗中愛上儺送。

　　後來，老船夫到碼頭船總順順家說親，卻剛巧遠方傳來噩耗，出外駕船做生意的天保因風浪翻船溺斃，順順因為大兒子的死對老船夫變得冷淡，不願意翠翠做儺送的妻子。儺送也因哥哥逝世而非常傷心，並因此怪罪老船夫與翠翠，決定離開茶峒，遠去桃園經商。老船夫說親不成，只好鬱悶地回家，就在當晚大雷雨下，他的渡船被水沖走，屋後的白塔也倒塌，老船夫也在雷雨響聲中黯然死去，留下了孤苦伶仃的外孫女翠翠。小說至此，故事就在一種淡淡的哀愁下結束，在讀者心內留下了一絲揮不去的鬱結和嘆息。

　　《邊城》描寫的湘西地域，自然風光秀麗，民風敦厚淳樸，當地人們不講等級，不談功利，人與人之間真誠相待，相互友愛。沈從文對這篇小說十分看重，書中要表達的是一種「優美、健康、自然」而又不違人性的人生形式，是他的作品中最能表現人性美的一部小說。

《吶喊》

　　於 1922 年出版的短篇小說集《徬徨》和《吶喊》，是中國文壇巨匠魯迅的經典著作，對往後近百年的中國文學史和華人社會影響深遠。

　　20 世紀初期，清朝帝制被推翻後，民國只是剛剛起步，社會仍然遺留著很多封建劣習，民眾依然停留在舊式農耕的愚昧無知。年輕時的魯迅生長於這個時代的轉折點，抱著一腔愛國改革的熱情，所以他到東京留學的時候，沒有像其他人一樣選擇學習醫工法理等科系，卻選擇了冷門的文學和美術。他認為「凡是愚弱的國民，即使體格如何健全如何茁壯，也只能做毫無意義的示眾材料和看客，病死多少是不必以為不幸的。所以我們的第一要著，是在改變他們的精神，而善於改變精神的是，我那時以為當然要推文藝，於是想提倡文藝運動。」

　　《吶喊》收錄了〈狂人日記〉、〈孔乙己〉、〈藥〉、〈明天〉、〈阿Q正傳〉等 14 篇短篇小說，都是描寫當時舊中國社會的愚昧無知，以及令人搖頭嘆息的荒謬不堪，揭示深層次的社會矛盾，對陳腐的傳統觀念進行了深刻剖析和徹底

否定，亦希望藉此喚起人們發奮自強、改革社會的決心。魯迅用其辛辣尖銳的筆鋒，對舊封建制度陋習加以冷譏熱諷、狠狠鞭撻，比如他以〈阿Q正傳〉的小人物阿Q，反映出舊中國人無知、愛面子、不自量力、只懂嘴上佔人家便宜的劣根性，以及在西方文明之前所表現出來的自卑，沒有認真地去面對問題，卻反而愚昧地自以為是，找藉口令自己好過的自欺欺人，最終落得被當作革命黨遊街鎗斃的結局。時至今日，我們仍以「阿Q精神」來表示在精神上勝利了的自我安慰，藉以壓抑受挫折後的失敗感。

另外，魯迅在〈孔乙己〉和〈白光〉的故事中，揭示了中國讀書人在僵化過時的舊派科舉制度中的辛酸。在〈孔乙己〉中，穿著又髒又破的長衫、滿口「之乎者也」的文人的孔乙己，以偷書換錢飲酒度日，還認為「竊書不能算偷」的歪理，最後被人打斷了雙腿鬱鬱而終。在〈白光〉中的秀才陳士成已50多歲了，考過縣考科舉試16次都名落孫山，在心灰意冷下，挖掘相傳祖宗埋下的銀子失敗，最終投河自盡的悲劇，教人唏噓不已。

《雷雨》

　　《雷雨》是劇作家曹禺所創作的第一部話劇，於 1934 年 7 月發表，以 1925 年前後的中國社會為背景，描寫一個帶有濃厚封建色彩的資產階級家庭的悲劇。這部劇作在四幕戲兩個場景、時間不到 24 小時內，集中展現了周、魯兩家 30 年的恩怨情仇。

　　劇中人 55 歲的周樸園是個資本家礦場老闆，30 年前年輕時戀上女僕魯侍萍，並與她生了兩個兒子周萍和魯大海。後來周家逼使周樸園迎娶一位富家小姐，魯侍萍則被迫使抱著剛出生不久的細兒子魯大海投河自盡。魯侍萍母子僥倖被人救起後，二人流落他鄉，靠到處做傭人為生，而大兒子周萍被周家留下。魯侍萍後來嫁給周樸園的家僕魯貴，並與之生下女兒四鳳，父女二人同在周家工作。魯大海長大後，在周樸園的礦場當採礦工人，並擔當工人代表。另一方面，周樸園與富家小姐婚後不久便離異，隨後與蘩漪結婚，生下獨子周沖。

　　在周樸園封建家長式的專制意志下，妻子蘩漪過著枯寂的生活，並因周常年公幹在外，蘩漪遂與周的大兒子周萍發

展出一段不倫之戀。然而，周萍既懾於父親的威嚴，又恥於這種亂倫關係，對蘩漪逐漸疏遠，並移情於使女四鳳。與此同時，蘩漪的兒子周沖也向四鳳求愛。

蘩漪得知周萍變心後，嘗試說服周萍但不果。周萍為了擺脫蘩漪，打算離家到父親的礦場去。蘩漪找來四鳳之母魯侍萍，要求她將女兒帶走。侍萍來到周家，急於把四鳳領走，以免重蹈自己當年之覆轍，但又與周樸園不期而遇。此時魯大海正在周家礦場上做工，在作為罷工代表來與周樸園交涉的過程中，與周萍發生爭執，結果遭周萍率眾毆打。

魯家一家人回到家中，四鳳還在思念周萍。夜晚，周萍跳窗進魯家與四鳳幽會，蘩漪則跟蹤而至，將窗戶關死。大海把周萍趕出，四鳳出走。雷電交加之夜，兩家人又聚集於周家客廳。周樸園以沉痛的口吻宣佈了真相，並令周萍去認母認弟。此時周萍才知道四鳳是自己的（同母異父）妹妹，大海是自己的親弟弟。四鳳羞愧難當，逃出客廳，觸電而死，周沖出來尋找四鳳也觸電而死，周萍開槍自殺，大海出走，侍萍和蘩漪經受不住打擊而瘋癲，周樸園則一個人在悲痛中深深懺悔。

《雷雨》是一幕人生悲劇，是不平等的社會裡，命運對人的捉弄。周樸園的專制和偽善；侍萍的可憐和被動；周沖的

熱情和單純；周萍的軟弱和愚昧；以及蘩漪對愛情的執著……還有家庭和身世的秘密，所有這一切在一個雷雨夜揭破。而周、魯兩家複雜不幸的血緣關係，揭露了舊中國舊家庭的黑暗現象。

《生死場》

　　蕭紅是一位傳奇女作家，聯合國教科文組織評價她是「世界上最優秀的當代女作家之一」。這樣一個才情洋溢的女性，命運卻極為坎坷悲苦，曾經歷被迫婚、離家、困頓、離婚和頑疾，在戰火紛飛中結束了她貧苦多病、顛沛流離的短暫人生（31 歲逝）。她的文學創作可分為前後兩期，以 1938 年為界，前期作品多以抗戰為主題，以《生死場》為代表，寫東北鄉村人民在沉滯閉塞生活中的掙扎，以及日軍侵佔東北後他們的苦難與鬥爭。後期作品則多以紀念和回憶為主題，以《呼蘭河傳》為代表，在童年生活的回憶中描寫北方小城人民愚昧不幸的生活，刻劃出沉默的國民的靈魂。

　　《生死場》是蕭紅的成名作，它對中國農村、人性、生存有透微而深邃的詮釋。魯迅稱它是「北方人民的對於生的堅強，對於死的掙扎」的一幅力透紙背的圖畫。蕭紅的筆下，既有女性作者特有的細緻和敏銳，又有別具一格的悲憫與諷刺，小說感情熱烈真摯，文筆簡潔優美，具有抒情詩般的藝術風格。

故事中所描寫的，全都是中國東北農村的基層小人物，這些人或許會被其他人遺忘，但他們曾經都是生過、活過和有情感的生命，都有他們的悲歡離合。農民二里半為了尋找走失了的山羊，誤踏別人的白菜田而被揍了一頓；趙三因為打傷來家裡偷柴木的小偷，反而要賠償一頭牛為醫藥費，之後只靠售賣雞籠維生；老王婆親手牽著養了十多年的老馬到屠宰場賣掉，換回剛足夠交地租的幾文錢；幫母親種西紅柿的少女金枝未婚成孕，初生的小女兒卻被父親狠狠摔死；青年兄妹因參加革命軍被抓去槍斃⋯⋯作者透過這些在春夏秋冬不同季節裡發生的事情，顯現出在生與死相交的節眼上，人生的荒誕、悲情與無奈。尤其是農村婦女，她們忍受著生育與死亡的悲慘命運，每天掙扎在生死邊緣。如果說農村的男人是生活的奴隸，那麼，鄉村婦女處於更殘酷、更被侮辱和受傷害的地位，是奴隸的奴隸。

　　正如著名文學批評家夏志清所言：「我相信蕭紅的書，將成為此後世世代代都有人閱讀的經典之作。」

生活閒情篇

《一趣也》

　　蔡瀾是一位多才多藝又懂得享受生活的香港名人,他既是一位資深電影製作人,亦是一位旅行家、美食家、電視節目主持人和多產專欄作家,被譽為「香港四大才子」之一。因他的生活接觸面非常廣,所以寫作題材可說俯拾皆是,著作超過 120 部之多,其中包括美食、人物、消閒、旅遊、音樂、時事、電影和演藝見聞等等,所涉及的人事物包羅萬有,教人目不暇給。雖然著作甚豐,蔡瀾卻不以文藝作家自居,他的文筆輕鬆通俗,內容貼地大眾化,很受廣大讀者的喜愛。在吃方面,他不太認同現代人所謂的健康飲食,更大力推介傳統美食「豬油撈飯」,還曾經在港開設了幾間以「豬油撈飯」作為招牌菜的飯店。

　　2003 年出版的《一趣也》是他「趣也」系列的首部作品,內容包括「往事」、「地」、「人」和「電影」四個部份,分享他的所見、所聞和所思,是一本輕鬆有趣的消閒小品。

　　在第一部份「往事」中,蔡瀾談及年輕時到日本留學的軼事,回憶他與幾個同伴共住「綠屋」的生活,講述他們怎樣巧手烹煮當地人不懂吃的豬腳,亦談到付一場戲票看一整

天電影的日子，以及那一段幾個窮學生開懷買醉，並與鄰家藝妓交往聯誼的美好時光。

　　蔡瀾在「地」的幾篇故事中，介紹在青島的《聊齋》作者蒲松齡故居，緬懷舊事，也介紹著名的法國巴黎紅磨坊，一百個舞蹈者穿著鮮艷華麗的衣服，戴滿羽毛，在台上齊整的跳肯肯舞的盛況，高舉裙子踢腿，最後一字馬重重摔坐地上瀟灑地完結，消費當然並不便宜，晚餐連欣賞歌舞要二百多歐羅一位。書中又介紹遊澳門、東方文華酒店、池記麵店、大班芬蘭浴室、以及在正宗上海澡堂，被上海師傅擦走全身老泥（死皮）的先苦後甜經驗，十分有趣。

　　蔡瀾在「人」裡談及他身邊朋友的趣事，他認識各式各樣的人，有很懂得討好女人、沒辦法憎恨的男人；有一年到晚找喫頭週遊列國開心好玩過每一天的夫婦；有食物恐懼症，懼怕雪茄毒、瘋牛症、味精膽固醇、農藥水、礦物膽結石，只喝紅蘿蔔汁的人。他也記得銀座酒吧一百歲的馬秀子，她敬業樂業，熟悉每一位來過的顧客，是一個很有意思的人。

　　在「電影」裡蔡瀾談的是老本行，自然更加眉飛色舞。他悼念已故張徹導演，讚賞他拍戲認真和銳利的選角眼光，比喻他是中箭後仍屹立不倒的英雄。蔡瀾又回憶把金庸小說拍成電影的往事，記得金庸不在乎故事改動，但堅持只能刪

減不能增加的原則，在選角方面，香港、台灣、大陸、和新加坡演員都找過，蔡瀾心目中的小龍女和楊過，最接近的是陳玉蓮和劉德華的組合，而事實上他們倆的版本最成功、最經典。對電影《無間道》的評論，他很欣賞曾志偉爐火純青的演出，也大讚發揮瀟灑自如的劉德華和梁朝偉兩位主角。蔡瀾又認為張藝謀的英雄片值得一看，是中國武俠片數一數二的代表作。

《一趣也》這本小書只消三小時便可看完，倘若你無所事事，不妨拿來翻一翻，或許它可以幫你拉鬆一下繃緊了的神經，讓你度過一個輕鬆愉快的下午。

《圖書館奇譚》

　　《圖書館奇譚》是村上春樹的一部短篇奇幻小說。故事講述一名喜歡閱讀的少年，本來只是想去家居附近的市立圖書館還書，豈料卻被那位看守圖書館、戴著厚鏡片眼鏡的禿頭陌生老人遊說，借了三本關於「鄂圖曼土耳其帝國收稅方式」的冷門書。禿頭老人花了好些時間將書籍找出來，說這些書是禁止攜帶外出的，所以少年必須在圖書館內閱讀。少年因為想早點回家，正想就此打住不借書本算了，但被老人半威嚇半勸止的將書本借了下來，隨即被帶往圖書館下層的閱覽室閱讀，沿路經過像迷魂陣似的陰暗迂迴走廊和樓梯，而且全程都沒碰見過其他人，不禁令少年忐忑不安起來。

　　所謂的閱覽室，其實是一間牢房，內裡囚禁著一個全身披著羊毛的羊男，他更不時被禿頭老人用柳條抽打。少年隨後被安排坐在一張木桌前閱讀，雙腳被鎖著鐵球，老人並指令他必須在一個月內把書本的內容全記下來，到時便會釋放他離開圖書館。然而羊男告訴少年，當他讀完所有書之後，他的頭顱便會被鋸開，腦漿更會被老人咻咻的吸光，說這是對圖書館光是借出知識和老在吃虧的一點點償還。雖然少年很驚慌，但他依然假裝很努力地閱讀，心裡卻想著正在家裡

擔心地等著他的母親，以及在家中飼養的一隻彩色小椋鳥。羊男為少年做了幾個鮮炸甜甜圈，令少年吃得津津有味，開始專心閱讀起來。

過了一段時間，有個漂亮少女送上飯來，她跟老人相反，對少年的態度很友善，但因為她的聲帶被刺破不能說話，所以只能做手勢溝通。在隨後的兩三天，少女都為少年送飯，二人漸漸成為了好朋友。在一個新月的夜晚，羊男引領少年逃離閱覽室，但在匆忙之間，少年在黑暗的長走廊遺下了他的一雙新皮鞋。在逃走的半路中途，他們被老人發現了，老人對羊男和少年逃走非常憤怒，並命令他所飼養的大黑狗撲向少年噬咬，忽然間，那位漂亮少女變成一隻巨大椋鳥把黑狗和老人擋住，讓少年和羊男得以成功逃到公園。少年回到家後，母親沒有問他為甚麼3天沒回家，以及為甚麼沒有穿鞋子，連其他甚麼的也沒問，只是如常的做家務煮飯。

過了不久，少年的母親因病離世，少年感到真正的孤獨寂寞；沒有母親、沒有椋鳥、沒有羊男、沒有少女，只剩下自己孤身一人——是一個很村上春樹式的奇幻故事。

《故事的開始》

　　以前我對幾米的印象，只限於知道他是位繪畫家，他的畫色彩鮮艷，但比較簡單和抽象，適合小朋友欣賞。讀過他的《故事的開始》一書之後，才認識到他不平凡的繪畫心路歷程，以及對生命的堅毅信念。年輕時經歷過惡疾的騰折，令他對往後的人生，有一份既惶恐又熱切的執著，提醒他每一天都要認真地活著，因為他明白到，他的生命不知會在哪一刻無聲無息地戛然停止。繪畫創作幫助幾米忘記疾病的恐懼，紓解他的哀傷，他由一名插畫工作者，憑著不懈的毅力，逐漸轉職為全職畫家和作家，將藝術生命推上極致。

　　在《故事的開始》一書中，從長篇《森林裡的秘密》、《微笑的魚》、《向左走·向右走》……一直到中短篇《地下鐵》、《藍石頭》和《我不是完美小孩》等，幾米用淺白情深的筆調，講述他多本畫冊創作的因由、畫裡主角的內心解構，以及故事的深層意義。像為甚麼《森林裡的秘密》選用黑白色、《微笑的魚》選用綠色、而《地下鐵》選用多彩色？幾米為我們細細剖析顏色運用背後的含意和玄機。至於最多人談論的愛情小品《向左走·向右走》，原來幾米想要表達的，是遠比男女相悅更高層次的人生哲理——「緣」；有緣千里能相會，

無緣對面不相識。人生之中甚麼是偶然？甚麼是刻意？似乎冥冥中自有安排。

幾米的畫作率真輕快、繽紛熱鬧，並不賣弄高深畫藝，既適合兒童快揭欣賞，亦適合成人細意咀嚼，為一眾蒼白乏味的人生，添上斑駁鮮麗的色彩，令看畫人發出會心微笑，也產生令人熱淚盈眶的心底共鳴，是很有「生命」的作品。

資深文字工作者徐開塵認為：「讀幾米的作品，有三種方式。可以先讀圖像，也可先讀文字，然後圖文合在一起閱讀。這樣一層層去領會，一如他探索生命的旅程，漸漸往深處行去，你也會相信他所相信的——即使是一絲希望的光芒，也可以照亮整個宇宙的黑暗。這正是他的作品魅力所在。」可謂深得幾米畫作所要表達的精髓。

《一方水土》

　　所謂「一方水土養一方人」，不同地域環境孕育出不同的動物和植物，當地人每每就地取材，有山食山、有水食水，再配合獨特的烹調方法，漸漸形成了各地迥異的飲食文化和口味。因此，東方與西方的飲食文化固然不同，北方與南方的飲食習慣也大相逕庭，令這些五味雜陳的各式食材，認真地挑戰美食家的味蕾。

　　香港著名食評家李純恩先生走遍大江南北，尋找各地特色美食；上海的醉蟹、糟田螺，蘇州的藏書羊肉、龍井蝦仁，寧波的炒螺螄、錢湖吻，杭州的臭豆腐、霉千張，北京的九花山烤鴨、京醬肉絲，青島的山楂紅果，四川的金桂臘腸，還有山東的濰坊餃子、蒜泥醋等等，直教人垂涎三尺、難以抗拒。透過生動的文字和精美的照片，李純恩在《一方水土》介紹各式珍饈異饌，將菜式的色、香、味，以及獨特的烹製過程，一一呈現讀者眼前，令讀者好像跟他一起到處品嘗美食，大快朵頤。

　　然而美食雖好，但倘若文章只講吃吃喝喝，也未免流於單調俗氣，況且書中所介紹的都只是紙上佳餚，讀者「有得

睇、冇得食」，很難引起共鳴。有見及此，李純恩透過介紹美食，順道引領讀者認識當地歷史名勝和風土人情，實行邊吃邊看走天涯，同享美食之旅，並且增廣見聞。例如他在介紹山東各式菜餚之餘，因山東是風箏之鄉，於是順帶講解風箏與紙鳶的分別。原來風箏在以前打仗時用作通訊設備，迎風發出尖銳的哨聲訊號，而發得出響聲的叫「風箏」，發不出響聲的叫「鳶」，可說是令讀者長知識了。

另外，李純恩更邀得影后級蘇州姑娘劉嘉玲，一起暢遊蘇杭寒山寺、周莊古鎮等名勝古蹟，之後來一個泡茶、泡酒、泡蜜糖，斜倚蘇州亭園的舞台水榭旁，靜心聆聽軟語評彈，細賞桂花飄香，享受江南水鄉的悠閒。

《詞家有道》

　　《財神到》、《大地恩情》、《最愛是誰》、《似是故人來》、《光輝歲月》、《囍帖街》……相信曾經在香港生活過的人，對這些膾炙人口的歌曲一定不會陌生。這些令人難忘的歌曲不單只旋律悅耳、歌聲動聽，更重要的是歌詞打動人心，令人產生強烈共鳴，唱出了自己的心聲。

　　一首歷久不衰的歌曲，往往是作曲、寫詞和演繹歌手共同努力的心血結晶，缺一不可。然而，因寫詞人通常在幕後默默工作，所以相對較少被人認識。黃志華教授在《詞家有道》一書中介紹 16 位香港寫詞名家，讓讀者更了解他們的人生經歷和價值觀，亦談及他們的寫詞心得，以及與大歌星互動的趣事，內容十分豐富有趣。因篇幅所限，這裡只能列舉其中幾位寫詞人的點滴作為介紹。

　　鄭國江曾主要為陳百強、徐小鳳和林子祥等殿堂級歌手寫詞。他喜歡寫生活中真實的體會，並且獨愛漣漪意像，覺得寫詞的時候最開心。他認為好歌詞需要偶然性，只隨創作靈感所至，而並非刻意經營，得意作品有陳百強的《漣漪》、徐小鳳的《風雨同路》，以及林子祥的《誰能明白我》等。

黎彼得出身基層，曾經靠賣報紙和當私家車司機維生，他與歌神許冠傑合作無間。他為許冠傑寫的《打雀英雄傳》非常貼地，被唱得街知巷聞，然而他的詞是通俗而非低俗，歌曲既能為大眾盡吐心聲之餘，又不失輕鬆幽默，可說是雅俗共賞。

　　林夕希望讓流行曲有其哲學性，致力將老莊和佛學入詞，亦喜歡富有中國風的歌曲，認為有價值的東西便有生存的空間。很多樂壇新晉歌手都渴望能夠唱到他寫的詞，而事實上，他的詞的確唱紅了多不勝數的歌手，像王菲、陳奕迅和楊千樺等歌王歌后都唱過林夕的作品，而梅艷芳的一首《似是故人來》更是經典中的金曲。

　　黃偉文與林夕互相做對方的電兔，亦互相鞭策激勵，可以說他們兩個人寫了全港七百萬人的心情。他認為歌詞一直是代人說話的，歌有歌的命運，而粵語歌詞是被低估了的藝術品。黃偉文衣著言行前衛高調，不喜歡重複別人做過的，喜歡出奇制勝的寫法，一曲《囍帖街》，把當時仍是寂寂無聞的謝安琪唱得大紅大紫、無人不識。

　　張美賢是少數香港女詞人，稱為「詞壇四公主」之一，慣用簡單字詞表達深刻感情，反對女性自我貶低。她曾為彭玲、關菊英、鍾嘉欣、張崇基張崇德兄弟等歌手寫詞，她的

抒情歌曲扣動心弦，令人懷念，其代表作為彭羚的《讓我跟你走》。

　　在《詞家有道》中介紹的 16 位寫詞人各有擅長，曲詞風格亦各有不同，但同樣地為推動香港樂壇發展貢獻良多，令香港流行歌曲不論於中外都能大放異彩。

《尋找繆思的歌聲》

　　據說繆思（Muses）是希臘神話主司藝術與科學的九位女神，她們常常在眾神聚會中輕歌曼舞，為聚會帶來愉悅和歡樂。Music（音樂）就是 Muses 的化身，當繆思女神在天上展開歌喉，凡塵中失落的心靈便甦醒過來。音樂不分時代與地域，從老上海到巴黎，從中東到南洋，從管弦絲竹到樂與怒，從古典樂派到新浪潮，從吉里（Beniamino Gigli）到鄧麗君，從杜蘭朵到噶瑪蘭等等，能夠牽動人心的，就是好音樂。

　　《尋找繆思的歌聲》收錄了香港中文大學陳煒舜教授的音樂隨感，與讀者一起在廣闊無垠的音樂海洋中暢泳；從古典管弦樂、歌劇、聖詩，到世界民歌、爵士樂、拉丁音樂；從東歐、吉卜賽歌曲，到老上海時代曲、香港流行曲、台灣校園民歌、影視音樂舞曲等，如同讓我們坐上時光機，穿梭於古今中外的音樂長河。與此同時，陳教授亦為讀者介紹多位詞曲家、演奏家、歌唱家、以及爵士和流行歌手，讓我們對這些音樂有更深入的認識，一同去領會繆思的歌聲。

　　書中所選取的樂曲段子都非常悅耳動聽，比如談及古典樂曲時所引用的韓德爾詠嘆調《讓我哭泣吧》（*Lascia ch'io*

pianga），將悲傷與絕望的心境完全表現了出來，聽後令人黯然淚下。馬斯康尼的《鄉村騎士間奏曲》（*Cavalleria Rusticana*）旋律優美得令人神馳物外，該樂曲曾經在意大利 96 間劇院同時上演，可見受歡迎的程度。另外，陳教授以浦契尼（*Puccini*）的著名劇目《杜蘭朵》（*Turandot*）來介紹西洋歌劇的特質和流變，其中的一曲《公主徹夜未眠》（*Nessun dorma*）更是經典中的經典，傳頌至今而歷久不衰。

在介紹華語歌曲的發展里程時，作者以「外婆時代曲」──金嗓子周璇的《何日君再來》和一代妖姬白光的《如果沒有你》作開始，以老上海氤氳年代的代表歌曲《晚風》和《夜來香》做轉折，話題再轉到以《香格里拉》和《採檳榔》來談及中國大陸文革時期所謂靡靡之音的「黃色音樂」，繼而以鄧麗君、王菲、蔡琴等時代曲歌手，回望華語歌曲在過去 4、50 年間的變化。

現代的音樂愛好者比以前的人幸福多了，因為只要在網上輕按幾個鍵，便可以隨時隨地欣賞到自己喜愛的中外樂曲。儘管方便如此，請讀者也不要錯過這本《尋找繆思的歌聲》，在欣賞美妙樂曲之餘，更能與作者一起馳騁於浩瀚的音樂世界之中。

《7 年滋養》

很多電視台新聞女主播因為樣子標緻、口齒伶俐，常常被人稱讚為「新聞小花」，非常令人羨慕，是很多少女夢寐以求的工作。畢業於香港浸會大學傳理系的高芳婷，在 2007 年加入香港無線電視台（TVB），擔任 24 小時新聞主播及天氣報導員，直至 2014 年離開主播台為止，前後共七年之久。因小妮子樣貌甜美、聲線溫柔清晰、表現大方端莊，深受觀眾（包括筆者）喜愛，對她的離任覺得非常可惜和不捨。

在加入電視台之前，高芳婷曾任職悉尼旅遊局，負責觀光推廣。雖然她畢業於專門訓練傳媒工作者的浸大傳理系，但對於需要整天在鏡頭前的新聞主播工作，卻完全沒有實戰經驗。當年她懷著戰戰兢兢的心情，參加了被喻為「水深火熱」的 50 天入職前嚴格特訓，重新練習正確發音，學習艱澀難懂的新聞詞彙，汲取台前經驗建立自信，日夜不斷練習踩字幕機，並將練習片段給導師屬言評核，更要學懂穿著配搭和化妝，經常保持儀容端正。在完成特訓後，立刻要盡快上枱（主播台），接受實戰鍛煉。

高芳婷在《7年滋養》一書中與讀者分享她當了七年主播的苦與樂，她認為當主播吃螺絲與蝦碌在所難免，也許會因一時失手引發尷尬場面，但要學懂在任何時候都要保持鎮定。主播不是讀稿機，所以要臨場應變，並且要有良好的認人（準確識別眾多不同的新聞人物）能力，令觀眾可以在直播中看到專業。

　　電視台對於準時播放十分重視，主播沒有依時入廠是死罪。新聞台是一年 365 天 24 小時運作，主播幾乎沒有假期，在颱風天災的日子更要上班當值，若告病假需要找臨時替工，所以可免則免。倘若要當通宵更、日夜更都必須無怨無悔，行內人開玩笑地說：「休息是主播工作的一部份」。主播工作可說是由「累與淚」交織而成，並且要長時間在崗位候命，連去洗手間的時間都欠奉，必須學懂「百忍成金」。

　　高芳婷自嘲是位最佳駕駛員，因主播讀中文稿平均一秒四個字，提示機一行八個字的顯示速度根本追不上，所以她要不斷踩 cue（字幕機踏板），更需要用雙腳輪流踩，因此在大約 15 分鐘的一節報導後，雙腳已變得失控顫抖。

　　話雖如此，當主播也有喜樂開心的時候。主播不是明星，並且經常刻意保持低調，但倘若能夠獲得觀眾的認同和喜愛，

心裡那種滿足感，真的非筆墨可以形容。另一方面，在新聞直播中，高芳婷親眼見證了世界和香港大事的發生過程，比如英國威廉王子大婚典禮、台灣總統選舉造勢投票、中國玉兔號探月軟著陸、香港雨傘運動等等，都是觸動人心的世紀事件，必將在歷史留下足印。

高芳婷在離任時最捨不得的，除了廣大的家庭觀眾之外，便是新聞主播的最佳拍檔，包括導演、記者、場務、編輯和剪片師等，她希望把所有美麗的回憶，都留在這本書裡，並感謝所有疼愛她的人。

《我愛女主播》

　　《我愛女主播》作者程鶴麟，曾長時間任職電視台新聞部記者、編輯、主持人、製片人和企劃經理，於 2000 年任鳳凰電視台副台長。他以多年來在電視台工作的經驗，與讀者分享他對兩岸三地電視傳媒現象的觀察和心得。雖然程鶴麟年輕時代在山明水秀的閩北山區成長，但走筆行文的風格卻洋溢著北方漢子的豪爽俐落，筆下勾勒出的鳳凰衛視女主播，包括吳小莉、劉海若、曾子墨、陳曉楠、謝亞芳、陳玉佳等，以及電視台其他的人物事，都描繪得生動活潑，為讀者提供了一個近距離認識「鳳凰衛視」的視窗。

　　程鶴麟認為新聞媒體是一項社會工作，非常適合女性擔任，尤其憑著美女的親和力，儘管在訪談中提問的刀鋒磨得亮、問題咄咄逼人，但嘉賓往往融化於主持人的過人魅力，即使心裡更不情願，也都會照樣合作，有問必答。

　　在眾多女主播之中，程鶴麟對幾位最有印象，其中包括吳小莉、陳曉楠、劉若海等。他形容口齒伶俐的吳小莉是「大白骨精」，並不是因為她嫵媚誘人，而是她經常穿「白領」衫、是鳳凰新聞台的「骨幹」、也是傳媒行業的「精英」。吳小

莉曾經在台灣華視、香港衛視等當主持人，憑著她爽朗的談吐和討好的俏臉，深受台港觀眾所愛戴。雖然她伶牙俐齒，但處處為受訪嘉賓著想，令他們心感舒垣，欣然受訪暢談。吳小莉於 2001 年升任鳳凰新聞台副台長至今。

另一位出眾的女主播是來自北京的陳曉楠，她的新聞判斷力一級棒，英語非常好，經常擔任現場翻譯，參與了多次大型直播節目，例如九一一襲擊事件、北京申奧、俄羅斯人質事件等。她的衣著打扮很時髦、很酷，經常穿長褲上班，瀟灑之餘又不失女性的嬌媚，給觀眾留下了深刻的印象。

劉海若在 2000 年加盟鳳凰衛視，擔任中文台「時事直通車」主持、資訊台財經節目主編兼主播。於 2001 年，她曾以隨團記者身份，先後跟隨中國總理朱鎔基出訪東南亞，以及跟隨中國國家主席江澤民出訪拉丁美洲。劉海若是位體育健將，待人客氣和體貼，深受電視台同事喜愛。不幸地，她在 2002 年 5 月於英國旅遊時遇上火車出軌意外而重傷昏迷，已宣佈變成半植物人，後來她被轉往北京，並結合中西醫治療；劉海若在昏迷兩個多月後甦醒，被醫學界視為奇蹟。

程鶴麟認為成功的電視遊戲節目是一要好玩、二要有抽獎，缺一不可。他又認為電視不能取代文字文學，因為電視只提供資訊和娛樂而不是教育。他覺得雖然主持人不是個行

當，但要出名就得當主持人，不應只當個播音員，用寫好的稿件準備，懶得思考，變成空頭主持人，因此，他尤其欣賞幾位好學不倦、敬業樂業的女主播，從她們身上可以讓人看到何謂專業的媒體。

程鶴麟坦白地說：「我愛電視，以及電視的人和事，因電視是我的飯碗。」

《生命中該有的》

十多年前，初出茅蘆的小妮子張寶華被香港電視台派往北京採訪，向中國大陸最高領導人提問關於香港行政長官是否內定的尖銳問題，被領導人借題發揮地當場指罵為 "too simple, sometimes naive"（問題沒有深度，甚至有點幼稚）而「一罵成名」。經過多年跑新聞的記者工作鍛鍊，張寶華現已成為獨當一面的資深傳媒人。因為曾經接觸採訪過的名人很多，所以她把做訪問的經驗和技巧寫下來，在《生命中該有的》一書與讀者分享。

她認為做人物專訪通常有三部份，包括訪問前的準備、訪問時的處理、以及訪問後的整理工作。

一、訪問前的準備。事先定下明確的訪問目的，盡量挑選合適的訪問對象（不答應的另當別論），開出清晰的訪問條件，然後搜集有關資料，盡可能對受訪者有基本概括的認識，並且預備足夠和深入的問題。

二、訪問時的處理。做專訪必須擁有敏銳的觀察力，懂得臨場應變，經常保持輕鬆的心情，要善聽和細聽，提出簡

潔有力的提問。所提問的事情，一定要擊中社會上繃得最緊的那根弦，但亦要留有空間，讓被訪者覺得受尊重。

三、訪問後的整理。留意被訪者有否一些弦外之音，從對談中抽取重點，並篩選有用的資料，將多餘的枝節剔除，然後按邏輯將資料排序，再比對預先定立的訪問目的，看看是否已經回應了所針對的問題，再盡量以被訪者原文報導出來。

張寶華在《生命中該有的》記述她所訪問過的名人很多，其中包括大歌星劉德華、謝安琪、名作家白先勇、柏楊、電訊企業家王維基、廣播名嘴陶傑、政治家馬英九、名導演杜琪峰、以及武俠小說大師查良鏞（金庸）等。她更以查良鏞先生在訪問中的一句話「有些東西是生命中該有的」來為這本書命名，值以表達敬意及留作紀念。

《倚天屠龍記》

在多部金庸武俠小說之中，我最喜愛《倚天屠龍記》，因為主角張無忌本來只是一個平凡的男孩，沒有特別過人的智力，但因緣際遇，卻給他很快便學懂兩種絕世武功——九陽神功和乾坤大挪移神功，再加上太極心法和百毒不侵的秘技，令張無忌年紀輕輕便能當上武林至尊之位，領導群雄對抗元軍。另一方面，美若天仙的女角包括機靈的汝陽王公主趙敏、娥眉派掌門周芷若、以及波斯聖女小昭等，都是一往情深地愛著張無忌，非常令人羨慕。畢竟，英雄與美人往往是一般凡夫俗子如我輩等的終極夢想。

除了男女主角之外，故事中還有很多令人神往的人物，例如明教左右光明二使楊逍和范遙、四大法王——白眉鷹王殷天正（即張無忌的外公）、金毛獅王謝迅（張無忌的義父）、青翼蝠王韋一笑，和紫衫龍王黛綺絲（後來易裝為金花婆婆）。雖然他們亦正亦邪，但武功高強，亦懷有俠義心腸，做事不拘一格，不理會世俗眼光，一心反抗元人。

其他人物還有武當掌門人張三丰（張真人），他是一位滿有智慧、通情達理、功夫了得、正直不阿的智者，自創了

一套太極心法，以柔制剛、以慢打快的武學。他不以武林高手和老前輩自居，以自由發展的方法教導後輩，深得張無忌和武林中人敬重。與張三丰強列對比的，就是一群滿口仁義道德的假道學，甚麼少林高僧、娥媚掌門、以及那些所謂明門正派中人，都是表裡不一、講一套做一套的偽君子，他們只著眼自己的利益，更各懷鬼胎，並且拘泥於形式和迂腐的舊禮教。

奸角方面，汝陽王的護法玄冥二老鶴筆翁和鹿杖客，他們武功雖高，但都是貪酒好色之徒，協助汝陽王打擊中原六大門派。作惡多端的霹靂手成坤陷害金毛獅王謝迅，煽動仇恨，狡猾不仁的惡行令人髮指，更導致武林腥風血雨。然而眾人以懲惡懲奸為名，爭逐利欲為實，目的只是為了爭奪屠龍刀和倚天劍，找出隱藏內裡的《九陰真經》，希望練成九陰神功，與九陽神功抗衡，稱霸武林。

張無忌的未婚妻周芷若不惜使用卑劣手段奪取了屠龍刀，與她自己的倚天劍合壁後，解開了大秘密，練成九陰神功。她本來良善的人性已被完全扭曲，再也不是早年天真純潔的小姑娘，即使武功再高、樣子再美艷，也只不過是一隻穿上華衣的惡魔。反而被眾人稱為妖女的趙敏卻心地不壞，只是驕寵慣養，好使小聰明，但面對大是大非之際，仍懂得分辨黑白，與張無忌結為夫婦之後避世隱居，自此與世無爭。

我最喜愛的女角是那位自幼被鎖上鐵鍊，被明教安排為婢女服侍張無忌，卻原來是波斯聖女的小昭。她單純聰慧、漂亮標緻、良善溫柔、宅心仁厚，甘心情願為張無忌赴湯蹈火，是位我見猶憐的可人兒。

　　六大門派圍攻光明頂一役是全書的高潮，帶出了明教和自稱正派的六大門派的矛盾衝突，給了汝陽王分化武林的絕佳機會，將之逐一擊破，使他們歸順效忠朝庭。「鷸蚌相爭，漁人得利」這道理永遠成立。

　　所謂「善有善報，惡有惡報」，小市民被權貴欺壓，怒氣無處發洩，武俠小說故事的因果報應可以為他們出一口烏氣，心裡必然感到舒服痛快。男讀者更享受那份被眾多美女包圍仰慕的代入感，心中甜滋滋、飄飄然的，令我們一眾小男人夢寐以求的「大男人主義」過足癮。

《絕響——永遠的鄧麗君》

「你問我愛你有多深，我愛你有幾分，我的情也真，我的愛也真，月亮代表我的心⋯⋯」

鄧麗君以她甜美溫柔的歌聲，唱出《月亮代表我的心》這首膾炙人口的經典歌曲，打動了全球華人的心，就連外國歌手也爭相模仿她獻唱，可見受歡迎的程度。鄧麗君一生唱過的華語歌曲成千上萬，傳頌多年的金曲亦多不勝數，除《月亮代表我的心》之外，還有我們熟悉的《甜蜜蜜》、《我只在乎你》、《原鄉人》、《漫步人生路》、《千言萬語》、《償還》等，不論是國語歌、台語歌、粵語歌抑或是日語歌，只要歌曲的引子音樂奏起，眾人就能自然而然的跟著她唱和。

鄧麗君是華語歌壇的一個傳奇，她曾紅遍海峽兩岸、星馬、日本和美加等地，可惜她在 1995 年 5 月泰國清邁度假期間突然猝逝，享年 42 歲，實在叫人婉惜和懷念。雖然坊間有不少關於鄧麗君的書籍，但大多數都只是憑道聽途說、人云亦云的杜撰故事，沒有一本較為完整的傳記。這部《絕響——永遠的鄧麗君》卻完全不同，它是由鄧麗君的三哥鄧長富所

創立的「鄧麗君文教基金會」籌備、作家姜捷負責撰寫的，詳細介紹鄧麗君由出生、幼年成長，以至進入演藝行業和成名之路，以多個不同的角度，為讀者呈現鄧麗君完整的面貌。為搜羅資料，姜捷曾遠赴鄧麗君生前住過和工作過的地方，包括台灣老家、香港、日本、新加坡、法國和美加等地，訪問了超過二百人，藉著這些第一手的資料，忠實地報導這位被譽為「十億個掌聲」的天皇巨星的傳奇。

鄧麗君的父親鄧樞是從中國大陸遷往台灣的軍人，全家在台灣眷村定居下來。鄧麗君在 1953 年出生，原名鄧麗筠，自小就喜愛唱歌表演，才六歲已公開登台演唱，而且毫不怯場。1964 年（11 歲）參加金馬獎唱片公司舉辦的歌唱比賽，以一曲《採紅菱》奪冠，小小年紀的鄧麗君已展現出大將之風，令眾人驚艷，自此踏上歌唱演藝的青雲大道。

雖然日後名成利就，但鄧麗君的家庭觀念很重，賺了錢便為家人建屋起樓，她與家人的感情非常要好，是父母和哥哥們的掌上明珠，非常疼愛她。她自己亦真情剖白表示：「待在自己家中，才能感受到真正的悠閒自在。」她雖然學歷不高，很早便輟學，但自學能力和毅力都很驚人，粵語、英語、法語和日語都非常流利，而她的語言天份和後天努力，對她到世界各地發展演藝事業十分有利。

歌而優則演，成名後的鄧麗君在首部參演電影《謝謝總經理》中便擔當女主角，並且負責獻唱十首插曲，演出十分成功，之後再接拍《歌迷小姐》，票房亦非常賣座。雖然如此，鄧麗君仍然希望專注演唱事業，所以再沒有拍戲，只偶爾參與一些客串演出而已。另外，鄧麗君不但樂於行善，她亦經常參加勞軍活動，曾探訪遠至金門島上駐守的士兵，是永遠的軍中情人。

　　鄧麗君認為歌聲是最能敲動心靈的聲音，所以她在香港、日本、星馬發展的時候，對自己的歌藝要求很高，例如她堅持遠赴美國製錄粵語唱片〈風霜伴我行〉，成本和時間都以倍數增加，本來一個星期可以完成的，她錄製了個多月時間，務求粵語咬字清晰，明知不可為而為之。幸好，最終該唱片達白金銷路，她的努力不懈得到最佳回報。鄧麗君雖已紅遍中港台，但她在日本發展時，仍以新人身份重頭起步。她是少數外國藝人在日本演藝界站得住腳，並且能夠打響名堂，受歡迎的程度，可從坊間在日本重新壓製的唱片和黑膠數目便知道。

　　家喻戶曉的鄧麗君歌曲多不勝數，而由劉家昌作曲、瓊瑤寫詞、鄧麗君演繹的歌壇鐵三角作品，成為唱片銷售的保證。鄧麗君歌集其中一輯〈淡淡幽情〉的 12 首唐宋詩詞歌曲，

包括〈明月幾時有〉、〈春花秋月〉、〈雨霖鈴〉等為人津津樂道，不同版本到現在仍然有唱片公司重新發行，可見她的精湛歌藝，到現在仍未有人能出其右。

鄧麗君從未踏足中國大陸，但奇怪地，她的歌聲卻紅遍神州大地各大街小巷，幾乎無人不識，當年內地坊間有句流行語這樣說：「日間聽大鄧（鄧小平），晚間聽小鄧（鄧麗君）」，可見她在內地受愛戴的程度。

《心繫中國娃娃蔡幸娟》

　　歌曲音樂並不單只是為了娛樂消閒，它還滿載濃濃的感情，透過美妙的歌聲樂韻，讓歌者與聽者在心坎裡產生共鳴，從而令彼此在無形之間緊緊牽繫上。當然，並不是每位演唱者都能夠做到傳情達意的境界，也只有少數用「心」去唱歌的歌者，才真正可以把歌聲滲進聽眾內心深處，教人悲喜與共，而蔡幸娟小姐就是擁有這種超凡感染力的一位出色演唱家。

　　蔡幸娟是台灣國寶級歌手，紅透了台、日、大陸、星馬和美加等地，在華語歌壇無人不識，全球娟迷多不勝數。她除了享有「東方雲雀」、「中國娃娃」、「東方女孩」和「小鄧麗君」的美譽之外，娟迷們更讚嘆地暱稱她為「小調歌后」、「百花仙子」和「美麗娟」。

　　蔡幸娟在華語樂壇獻唱 30 多年，從《夏之旅》到《中國娃娃回想曲》，乃至極致的《真情》和《媽媽情歌》，她的每首歌曲都充滿對生命的嚮往、欣賞和頌讚，即使在她淑女時期的愛情小品歌曲，亦不流於一般情歌的空泛濫調，而是感情洋溢的自然流露。

其他歌手也許都有歌迷為他撰寫讚美文章，但通常只限於一篇起兩篇止，而且都只是一些主觀表面的讚美逢迎說話，沒有深度可言，既難登大雅殿堂，亦沒有留傳價值，更遑論可歸類於甚麼文學範疇。然而，何偉賢的《心繫中國娃娃蔡幸娟》這本文集，不單只是流水帳式的歌友聚會花絮記載、偶像的演藝生活點滴，它更加是從藝術、美學、哲學、倫理、科學和生活等多個不同角度，為讀者分析和解構蔡幸娟所唱過的歌曲，是難得的音樂導賞入門。《心繫中國娃娃蔡幸娟》內容多元豐富，取材廣闊，作者文筆細緻優雅、誠摯感人，是香港近年少見的優秀中文作品。透過淺白雋永的文字，讀者既可以認識蔡幸娟的非凡造詣，又可以享受久別了的閱讀樂趣，因此，這文集可稱得上是流行文學佳作，而音樂藝術的質素和價值亦頗高，是很值得一讀的好書。

　　作者曾說：「這本小書所寫下的，並不是甚麼世界大學問，也沒有人生大道理，我只想透過這些淺白的文字，與讀者圍爐共聚，閒話家常，細細體會我所認識的蔡幸娟，靜靜欣賞她的動人美態。」

　　〈蔡幸娟香港歌迷會〉龔文成會長在序言中寫道：「蔡幸娟是與眾不同的，娟迷被她的美聲迷倒、被她的麗質傾倒、亦被她的傳奇拜倒。娟迷與其他歌星的歌迷亦不一樣，他們是非同凡響的一族，而《心繫中國娃娃蔡幸娟》的作者何偉

心繫中國娃娃 蔡幸娟

縈牽東方雲雀 蔡幸娟

真愛小調歌后 蔡幸娟

情傾百花仙子 蔡幸娟

賢先生，更是忠實娟迷中的表表者。他以細膩精緻的文筆、情深意誠的心跡，透過蔡幸娟所演繹過的歌曲，分享他的所聽、所思與所感，為這些美妙的歌曲添上聲音以外的生命。」

蔡幸娟頭號粉絲、台灣〈幸福共嬋娟〉園主王可興（三娃）亦曾說：「《心繫中國娃娃蔡幸娟》選自何偉賢在網路上發表過的一百篇有關蔡幸娟歌曲的文章，以豐富瀟灑的彩筆，為蔡幸娟的非凡歌藝和謙遜品格畫龍點睛，讓更多歌迷認識她的真善美。從這本書，讀者看到蔡幸娟一些令人心澄神明的話語，一些令人心柔念淨的詩意，以及一些令人心酸眼熱的感動。」

何偉賢於 2015 年出版了第一本蔡幸娟文集《心繫中國娃娃蔡幸娟》之後，獲得讀者熱烈歡迎，因此他在隨後的 2016年、2017 年和 2018 年，再相繼出版第二本《縈牽東方雲雀蔡幸娟》、第三本《真愛小調歌后蔡幸娟》，以及第四本文集《情傾百花仙子蔡幸娟》，開創了歌迷為偶像連續出版四冊書本的先河。難怪〈蔡幸娟日本歌迷會〉創辦人岡部敏昭先生也讚嘆道：「何偉賢先生所著的書，也像是一個又一個故宮珍寶相關的故事集。」

《窗裏窗外》

在新冠肺疫（COVID-19）全球肆虐期間，我為了響應政府的呼籲留在家中抗疫，閒來重看了好幾部林青霞有份演出的電影，包括有《鹿鼎記之神龍教》、《刀馬旦》和《東方不敗》等。當年的林青霞清秀脫俗、標緻窈窕，姣好的鵝蛋臉兒和流線的弧形下巴，美得不可方物，人見人愛，「大美人」的稱譽真的當之無愧。林青霞不單只戲演得好，原來她的文筆亦很了得，於近年寫了《窗裏窗外》、《雲去雲來》和《鏡前鏡後》三本書，為讀者娓娓講述影藝圈內外鮮為人知的人和事。

林青霞的第一本著作《窗裏窗外》，是以她從影第一齣電影《窗外》來命名，可說十分貼切。她在書中細說自己踏入影藝圈的經過，以及拍攝電影時的苦與樂，比如拍《窗外》被剪去她最愛的長髮，拍《新龍門客棧》幾乎被竹箭弄瞎眼睛，拍《八百壯士》跳進只有攝氏六度的蘇州河，拍《蜀山》跟香港結了緣，之後長居於此⋯⋯等等。

書中亦提及林青霞與好些影藝名人的軼事，包括三毛、瓊瑤、張國榮、鄧麗君、黃霑、張叔平、龍應台、施南生、

林燕妮等，在現今功利掛帥、品流複雜的娛樂圈當中，能夠覓得純真友誼，特別顯得幸運和教人珍惜。相信這也是因為林青霞的真摯坦誠，才能夠感動這麼多好友的相知關愛呢。

林青霞祖籍山東，因此在書中少不免介紹她的山東父老親友，訴說鄉情。「矮又壘，晴下壘勒」（怪怪，青霞來了），老鄉的一句道地山東話，令漂泊海外多年的大美人淚流滿臉。書中的一首短詩，盡顯她對家鄉惦念之情：「山東青島我家鄉，爹和娘的生長地。我問爹啊我問娘，是否化成家鄉的風，請你輕撫我的髮梢，讓我重溫你們的愛。我問天空我問雲，可否化我為枝上鳥，隨著那風兒遊老家。」

愛情小說女皇瓊瑤推薦寫道：「《窗裏窗外》不是一本長篇巨著，不是豐富的豪華大餐。它像是喝下午茶，在靠窗的雅座上，一本書、一杯茶、一點可口的小點心，你可以坐在『窗裏』讀它，偶而抬頭看看『窗外』的風景。你也可以坐在街邊的小咖啡座上，叫一杯香醇的咖啡，悠閒的讀它。不時看看身邊的人群，如何生活在『窗外』，心繫著『窗裏』。無論是『窗裏』或『窗外』，這將是一本讓你可以瀏覽，也可深思的書。」

雖然我不是「霞迷」，但林青霞這本《窗裏窗外》的確令人眼界大開，讓讀者認識這位成功演員繽紛的內心世界之

餘，更可滿足我們這些普通人對演藝圈的好奇八卦心理。作者文筆輕鬆簡約，感情豐富真摯，書中亦有很多珍貴照片，是一本非常有趣和令人愉快的消閒書。

《梅蘭芳的藝術和情感》

　　講起京劇，人們便會聯想起梅蘭芳，兩者可說是合而為一的共同體。梅蘭芳生活在京劇發展至最成熟鼎盛的清末民初時期，可說生也及時、恰逢其盛，並得以在前輩培育的沃土裡茁壯成長，這是他的幸運；京劇遭遇梅蘭芳，不停地被他精益求精，不斷被他推陳出新，而終至巔峰，這是京劇的幸運。梅蘭芳對京劇有兩大貢獻，一是在藝術上使它臻於完美；一是在影響上將它播向世界。李伶伶所著的《梅蘭芳的藝術和情感》，讓我們可以近距離認識這位京劇傳奇人物。

　　京劇四大名旦包括梅蘭芳、尚小雲、程硯秋和荀慧生。根據嗓音、唱功、扮相、做工、白口、武工、新劇等舞台角色要素技藝作比較，藝評界一致公認梅蘭芳為四大名旦之首。梅蘭芳之所以成為京劇史上空前絕後的人物，部份原因來自上蒼的特別垂青。他早年識字與學戲的遲鈍，只不過是小孩子的一時不開竅而已，而非真的愚笨；他少年時期為親友所著急的相貌，比如面少表情、眼睛無神等，其實正合了傳統觀念下良家婦女的特徵。而溫良的性格，柔靜的外形，亦是天生反串飾演女性的材料。當然，梅蘭芳的成功在很大程度上，也來自他對藝術的思索領悟、求變創新與刻苦學習。他

先天的聰慧既不比人差，後天的勤奮又超過別人，成功可預見是必然的結果。

梅蘭芳是一個「情商」極高的人，他置身複雜的演藝圈子裡，對各路神仙都能應付裕如。他從善如流，聞過則喜，好德而自潔，出污泥而不染，遇罡風則迴避，遇挑釁則不應，不僅消解藝術之途的阻礙於無形，更吸引了諸多有志有識人士聚集周圍，樂意為他獻計獻策，雕鑿藝術，共謀京劇的輝煌。抗戰期間，日本人因為想利用梅蘭芳的名氣，為了迫其就範，於是懷柔與威嚇並施。但他卻沉著機智，以一個藝術家特有的方式與敵周旋，不以生計為借口，堅決息演，並轉靠賣畫為生，亦寧願忍痛看著自己的藝術生命一天天流失也不改初衷。

專業藝術與所謂業餘嗜好，並不一定是互不相干的，有些時候，更加是相輔而行。京劇大師梅蘭芳是中國戲劇泰斗，可說無人不識，他的舞台藝術成就前無古人、後無來者，是近代中華文藝史上，一顆劃時代的耀目巨星。然而，他在京劇表演的非凡造詣並不是與生俱來的，他的成功，除了因為他的後天勤奮努力之外，亦與他的業餘嗜好不無關係。

梅蘭芳培養了三個業餘嗜好，包括養鴿子、種植牽牛花和繪畫。梅蘭芳所養的鴿子，曾經最多養過 150 對。因為要

餵飼鴿子的關係，梅蘭芳練就了每天早睡早起的良好習慣，令他保持強健的體魄，應付繁重奔波的京劇演出。亦因為經常要辨別在空中高飛的鴿子群，也訓練了他那雙剪水流波似的眼睛，明眸左顧右盼，顯得水靈活現，像懂得說話一樣，甚得觀眾讚許。而每日長時間用竹桿子指揮鴿群聚集、列隊、起飛等重複動作，在不知不覺間，令他的肩膀子結實有力，因此，每當他揹負厚重的繡金箭旗錦服在台上舞動時，便變得輕而易舉，揮灑自如了。

梅蘭芳在 22 歲時，養成了培植牽牛花的嗜好。牽牛花俗稱「勤娘子」，極需要細心呵護、定時灑水施肥，以及無微不至的日夜照顧，絕對不是懶人可以栽種的。種植牽牛花，使梅蘭芳學習到細心和耐性，這是京劇中男演女角（比如飾演林黛玉、穆桂英等）最合適的天然教材。亦因為對花卉色彩認識多了，讓梅蘭芳懂得各式衣服顏色配搭的審美觀，所以，梅蘭芳的戲服就是那麼與別不同；顏色華麗奪目，配搭恰巧精妙，把劇中人物的特徵表現得淋漓盡致。

另外，梅蘭芳又在 24、5 歲時開始學習繪畫，他近乎廢寢忘餐地不停練習，在佈局、下筆、用墨、調色的各種技巧上痛下苦功，連國畫大師齊白石亦盛讚他的天份和努力。因為學習繪畫，他對美術有一個全新廣闊的視野，讓美學融入了他的京劇表演之中，漸漸演變成為自成一格的現代中華藝

術典範「梅派」。（按：雖說繪畫是業餘嗜好，梅蘭芳在抗日戰爭時期，息影舞台，並以賣畫為生）

　　筆者雖然對京劇一竅不通，但從《梅蘭芳的藝術和情感》一書中，亦可稍許認識梅蘭芳一生的際遇，在讚嘆欣賞他的演藝成就之餘，更令我對這位京劇宗師肅然起敬。

《豐子愷故事集》

　　豐子愷的《豐子愷故事集》分上下兩卷，合共收錄了 19 個短篇故事，題材健康正面和充滿啟發性，很適合青少年人閱讀。作為成年人的我，也同樣覺得豐子愷的故事有趣和富有教育意義。事實上，集子裡大部份的故事，正正就是豐子愷在二次戰亂到處流離期間，每一週晚上講給他的兒女們的小故事，作為他們因顛沛失學而給予的補充教育。

　　豐子愷熱愛兒童，他曾創作了許多兒童漫畫，也寫了不少有關兒童的文章，用他自己的話來說：「初嘗世味，看見了當時社會裡的虛偽驕矜之狀，覺得成人大都已失本性，只有兒童天真爛漫，人格完整，這才是真正的『人』。於是變成了兒童的崇拜者，隨筆中、漫畫中，處處讚揚兒童。」

　　在這十多篇故事中，除了大多與抗戰有關之外，也有寫舊社會壞人作惡、窮人受苦的，還有涉及當時為人處世的敘述和封建迷信的害處。有些聽起來近乎荒誕不經，其實卻含有一定的教育意義。特別如〈明心國〉、〈大人國〉、〈賭的故事〉、〈鬥火車龍〉等，明顯地反映了豐子愷對黑暗、罪惡的強烈反感與憎恨，對光明、和平、幸福的嚮往與追求。

〈伍圓的話〉是一篇非常有趣，卻又令人感到辛酸的故事。作者借一張伍圓紙幣自述其經歷，生動地勾劃出抗日戰爭期間及以後幾年的歲月裡，物價像火箭般上升，民不聊生的慘況。戰前的伍圓紙幣原本可以購買一擔大米（一百斤），卻在戰亂期間，逐漸貶值到掉在地上連乞丐也不願拾的地步。人們只好用它來墊桌子腳或補破窗洞，讀後令人感嘆不已，而悲哀的是，這些困苦歲月卻是上一代人親身經歷過的事實。

這本短篇小說集還有兩個特色，其一是在好幾篇故事中，都加插了豐子愷的漫畫，將情景內容更活靈活現、更生動有趣地表現出來。而另外一個特色，就是在每篇故事之後，編者都附加一段短小的賞析導讀，為年輕的讀者，尤其是未曾經歷過戰亂的青少年人，介紹作者創作故事時的社會背景，以及分析故事的重點和寓意，讓讀者更容易理解和吸收，亦令作者創作故事的用心更加澄明易見。

《牧羊少年奇幻之旅》

「世界上的每一個人都有一個寶藏正在等待著他。」——保羅‧科爾賀的《牧羊少年奇幻之旅》

在西班牙某處有個名叫聖狄‧雅各的牧羊男孩，他的家就在一座倒塌的教堂旁邊，他正趕著一群60頭的羊去另一個村子，準備將羊毛剪下來賣給當地的商人，他心中惦念著商人的女兒，很希望可以再次見到她。男孩很喜歡去旅行，遊歷不同的地方，所以他每次放羊都盡可能挑陌生的路走。途中他做了個夢，夢見有人叫他去金字塔，他將會在那裡發現寶藏。有個老婦為他解夢，說他必須到埃及的金字塔，並且一定會找到寶藏，成為富翁。然而，老婦不知道怎樣才能找到金字塔，但要求男孩將寶藏的十份之一給她。

男孩繼續往前行，途中遇見一個老人，他要求十份之一的羊，然後他便會教少年怎樣去找寶藏。男孩答應了，於是賣掉了所有的羊，分給老人十份之一的錢。原來那位老人是撒冷王化身的，是位出世的智者，他交給男孩兩顆石頭：黑色石頭表示「是」，白色石頭表示「否」，叮囑當男孩不懂解讀預兆時，它們便會幫助他。

男孩從歐洲渡海到達非洲後，在一間小餐廳遇見一個年輕人，與他談得很投契，但原來這人是個小偷，將男孩的錢全部偷去。男孩很徬徨，遂求教於撒冷王給予的石頭，而石頭指示他必須繼續往前行。男孩現在沒有錢，於是暫時留在當地一家生意平淡的水晶店工作。他建議店主擺設展示架吸引顧客，生意果然好了起來，之後他又建議用水晶杯盛載飲品給客人喝，吸引了很多新風尚的男女慕名光顧，生意比其他水晶店的好很多。經過一年多，男孩已經賺夠了錢，他想買回 60 頭羊，然後返回西班牙牧羊去。

　　後來，男孩認識了一名英國鍊金術士，正準備和一個商隊橫越撒哈拉沙漠探險，男孩決定跟隨鍊金術士和商隊，騎駱駝穿越黃沙浩瀚的荒地。他們在途中經過一些綠洲，遇見很多新奇有趣的人事物，例如綠洲穿黑衣服的女人表示已婚，外人最好不要與之交談。男孩在其中一個綠洲遇見了法諦瑪，一個不要愛人為自己放棄夢想的漂亮沙漠少女。因為得到撒冷王石頭的啟示，男孩給予綠洲部落一個預警，告知將會有一隊外來武士來侵襲。雖然部落族人半信半疑，但仍然按照男孩的應戰方法準備，結果真的將入侵的敵人打敗，於是部落長老贈送給男孩 50 塊金塊，並且邀請男孩留下來擔任綠洲的參事，答應讓法諦瑪許配給他。

男孩雖然非常捨不得法諦瑪，但他聽從她的勸告，與鍊金術士離開綠洲走進沙漠，繼續他的尋寶旅程。沙漠充滿兇險，一個人往往渴死於棕櫚樹已經出現在地平線的時候，而在追尋夢想之時，人的心總是不斷訴說著恐懼，害怕會受傷。男孩和鍊金術士在沙漠遇上幾個阿拉伯戰士，檢查他們的物品，發現了錢、石頭和一些占卜用品，鍊金術士如實告訴戰士們這些東西可用作點石成金。戰士取走金錢，並嘲笑他們一番之後便放走二人。鍊金術士其後離開了，只剩下聖狄‧雅各一人。

　　男孩終於到達埃及金字塔，感動得流下眼淚來，他開始挖掘泥土，但挖了很久仍沒有挖到甚麼。有位老者取笑他不該愚蠢到去相信夢裡的話，他告訴男孩自己在兩年前也曾做過藏寶的夢，說寶物埋於西班牙一座倒塌的教堂旁邊，那裡有一個牧羊人和他的羊在睡覺，老人當然不相信，完全沒有理會。然而，男孩現在已經知道他的寶藏原來就在他的家裡，於是他回到家鄉，果然挖到很多西班牙金幣、珍貴的寶石、純金面具、以及其他寶物。男孩履行承諾，將十份之一的財富分給解夢的婦人，然後到綠洲與愛人法諦瑪團聚。

《你還沒有愛過》

「我何幸曾與我敬重的師友同時，何幸能與天下人同時，我要試著把這些人記下來。千年萬世後，讓別人來羨慕我，並且說：『我要是能生在那個時代多麼好啊。』」── 張曉風。

在散文集《你還沒有愛過》的 15 篇文章的其中八篇裡，張曉風以她亦秀亦豪的筆鋒，描繪記述她曾認識的師友，有些是文化學術界已故的前輩，像洪陸東、俞大綱、李曼瑰、史惟亮等；有些是曾與她協力促進劇運的青年同伴，像姚立含、黃以功等。張曉風擅長以爽直明快的筆觸，把要講述的人事物交代開來，在雅與俗、文與白、巧與拙之間的分寸拿捏準繩，亦能依主題的需要而調整，時而老練、時而坦率，在她情感起伏的記述引領下，讓讀者對她筆下所寫的人物有如親見其人的感覺，雖然素未謀面，但都令人留下深刻印象。

在〈情深與孤意〉一文中，張曉風憶述戲劇評論家俞大綱老師對她的循循善誘，指點她在戲劇和文學的創作方向，以及對俞老師嚴謹治學態度的讚嘆。在〈她曾教過我〉中，張曉風感謝李曼瑰教授的忘我指導，例如張曉風剛寫好舞台劇劇本「和氏璧」當晚，便立刻將原稿送往李教授家中給她

看，在第二天大清早，李教授便打電話與她詳談細節和加以指導，可見李教授肯定漏夜不眠不休趕著看，認真的態度令人非常感動。在〈我聽到你唱了〉一文中，張曉風談及友人姚立含的歌唱才藝被發掘的經過，感恩「伯樂」江校長的慧眼，以及「千里馬」姚立含天賜的歌藝才華。

在文集另外的七篇文章裡，張曉風透過她所踏足的土地、所看見的風景、所碰見的人物，以誠摯的真心，抒發她對大地和天下人的感情，當中包括拉拉山、益民寮、蘭嶼灘、林安泰古厝等，就好像作者陪伴著讀者一起走、一起看和一起感受。張曉風說：「山跟山拉起手來拉拉山，我要的一種風景，是我可以看它，也可以被它看的那種。我要一片『此山即我，我即此山，此水如我，我如此水』的熟悉世界。」景與情必須連結起來。

當張曉風探訪遠在美國紐約的華籍友人，給她感受最深的，是他們選擇了離開家鄉，放棄了自己的根而移居外地、入籍外國，卻抱著隔岸觀火看好戲的心態，談論中國政局的種種。張曉風對這些人很不以為然，認為他們沒資格再談論「國家」事宜和肆意的指點江山——雖然他們有表達己見的權利和自由。但可以說，在張曉風的心目中，這些人還沒有真正愛過他們的祖國。

詩人余光中在序言寫道：「張曉風這本新書裡佳作尚多，不及一一細析，但還有一篇值得再三誦讀的，便是書名所本的〈你還沒有愛過〉，是國家民族的大我之愛。……張曉風的淋漓健筆，能寫景也能敘事，能詠物也能傳人，揚之有豪氣，抑之有秀氣，而即使在柔婉的時候也帶一點剛勁。……散文的讀者不妨拓展自己的視域，也來欣賞張曉風的豪秀，楊牧的雅麗。」

《雅舍小品》

　　從民國初期新文學運動開始，白話文寫作逐漸廣泛流行，曾經出現過一批出色的白話文作家和小說家，如林語堂、朱自清、夏丏尊、胡適、魯迅、巴金、梁實秋等，當時的中國文壇可說是百花齊放。梁實秋是其中一位著名散文作家，給後世留下很多題材豐富的作品，也是很好的白話文寫作參考材料，他的《雅舍小品》更被譽為短篇小品文的典範教材。

　　梁實秋曾在四川郊區一幢簡陋房子居住，戲稱之為「雅舍」，他把在這段時期所寫的文章整理成書，將其中的一些小品雜文收納在一起，結集統稱為「雅舍小品」，而這本書是該系列文章的首冊。

　　散文與小品文有點不同，散文的特色就是散，可以沒有特定目的，在描繪事物之餘帶動思緒情感，多以藉著描寫人物或景物來抒發作者的內心感情，即以景為題但以情為主。小品文則自由得多，文章固然可以抒發感情，但大多以論人論事為主幹，借題發揮來抒發己見，或品評時事，或諷刺時弊，文章結構沒有敘事文、議論文般緊密，只是隨心所寫，但通常都有一定目的。《雅舍小品》所收錄的大都是不超過

二千字的短文，各有獨立題目，沒有相連關係，內容像是隨手拈來，但卻不是胡亂堆砌，亦蘊含廣博的參考背景和生活體驗。

梁實秋《雅舍小品》內的 34 篇文章，大多是對於日常接觸的人事物抒發己見為主，以幽默輕鬆的寫法，品評各種人事物，妙論人生的種種，沒有特定的人物對象，屬於一般性的生活觀察和作者個人感受。比如談及男人、女人、孩子、客人、乞丐、詩人、醫生等人物，自有作者自己的看法，看似沒有主旨，卻又可理出一線不著痕跡的貫連。例如，女人善變、善哭、喜歡說話、膽小和聰明，而男人髒、懶惰、饞嘴和自私的性格，便道出很多男人女人的特點，雖不是甚麼真理格言，只可說是個人的體會，但觀察精闢入微，往往都說出我們日常遇見過的經驗，令人會心微笑、深有同感。

作者以旁觀者的角度，品評市民的日常活動，以及一些傳統習俗如結婚典禮、握手、下棋、畫展、送行、理髮等，似在輕描淡寫、閒話家常，實則暗地裡諷刺中國人的愛面子和虛偽。對於那些不合時宜的風俗習慣，梁實秋作側面的譏諷，道出其不合理的方面，但他沒有倡議該取消或修改，只留待讀者自行判斷。他對筆下所寫的人事物明褒實貶，但不像魯迅般辛辣嚴苛，只作輕鬆的揶揄和諷刺，既不傷大雅，但又可引發讀者共鳴，令人反省，不至落於文以載道的狹隘，以文明幽默的語調，點出奇怪的社會現象，靜觀百態人生。

《停車暫借問》

現代人很喜歡以「才子」、「才女」來互相讚美，但這些稱號似乎用得太濫，尤其在演藝圈子裡，稍有一點學歷（其實也不過學士、碩士而已），再加上有一點小聰明、小技倆的男女藝人，都被吹捧為音樂才子、影壇才女之類而自我感覺良好，不禁令人啼笑皆非。

我心目中的才女作家鍾曉陽，在她 18 歲那年（1980 年）已寫了《停車暫借問》這部小說，當年出版時一鳴驚人，轟動整個文藝界，被文壇前輩驚嘆為一顆新星的誕生。

《停車暫借問》的時代背景是二次大戰抗日期間，女主角趙寧靜是一位敢愛敢恨的中國東北姑娘，曾經愛上在偽滿洲國瀋陽習醫的日本青年吉田千重，但這段為當時社會所不容的戀情，只落得在家人壓力下無疾而終。她的第二段感情是與表哥林爽然的相戀，卻同樣受到來自雙方家庭的阻梗，加上林爽然性格柔弱，未能提起勇氣戰勝壓力，結果令二人失去一生的幸福。

為了可以離開東北逃避戰亂，趙寧靜與商人熊應生婚姻，但其實她對熊應生並無感情，這純粹是一樁利益婚姻。遷居香港多年後，她與舊愛林爽然在香港重逢，為了與心上人再續前緣，她毅然提出要與熊離婚。然而林爽然再次不辭而別，而過慣富裕生活的趙寧靜，已無法忍受離婚後的貧困獨立，於是她又硬著頭皮回到熊的身邊，過著像行屍走肉般的日子，鬱鬱餘生。

　　姑勿論讀者是否認同趙寧靜的婚姻價值觀，作者並沒有對她作出任何道德批判，只以一名旁人的角度，描寫一段令人唏噓不已的愛情故事。

　　鍾曉陽被譽為「張愛玲傳人」，她的文筆秀麗典雅，小說故事節奏流暢，人物內心感情描寫細膩，畫面充滿立體感，讀她的小說時有如觀看一部電影或戲劇般。她的作品帶著濃濃的古典文學氣息，讀者像讀著《紅樓夢》一樣，故事人物的舉手投足都充滿在舞台上演繹的優雅，名作家張愛玲亦讚嘆《停車暫借問》為少有的動人愛情故事，而文學評論家王德威教授對鍾曉陽的評語是「今之古人」，以現代小說的形式包裝中國古典文藝的情思，尤擅長於描繪人物流離的哀傷。

《人間喜劇》

　　喜劇的主要目的是要令到觀眾開心，可以逗人發笑，讓劇中人的一個動作或一句對白給予觀眾共鳴，令他們發出會心的微笑，從而享受看戲的樂趣，至於劇情本身是否「驚天地、泣鬼神」其實並不那麼重要。香港作家阿濃所寫的《人間喜劇》就是抱著這個信念，透個社會上各式各樣的小人物和生活小場景，以輕鬆幽默的手法，與讀者分享 20 多個短篇小故事，令人閱後可以暫時放下煩憂，開開心心的享受每一天。

　　《人間喜劇》故事中的人物就像我們的左鄰右里一樣，似曾相識，像父母與子女、小夫妻、貓狗主人、學校老師、辦公室上司、小餐館老闆、教會牧師等，都是在我們平日經常遇見的人，而他們在故事中的際遇，某程度上也可能是我們自己生活的寫照。

　　例如在〈Fat Fat 離家記〉中的胡太太與她的寵物狗 Fat Fat 的人狗感情、〈小店除夕〉中的小餐館老闆娘順嫂對海外留學生的體貼關懷、〈見家長〉中的李老師和方老師互換教師與家長身份角色的尷尬、〈嘴臭〉中劉先生令人搖頭不已的

口沒遮攔惡習、〈號碼〉中沉迷於六合彩而戴了綠帽仍懵然不知的老趙、以及在〈郵輪〉中風流上司與女秘書偷情卻碰上外家親友的狼狽相等等。這些人事物在大時代、大社會當中只可算是小事一樁，不足掛齒，但都是活生生和可以觸及的浮生百態，當我們取笑過、同情過、羨慕過、輕蔑過之後再細想下去，卻有教人自省反思的一番深意。

出版社的推薦文這樣寫：「20多篇溫馨小故事，寫盡人間生活小情景，生老病死，恩怨情仇，不關家國大義，卻充滿深刻的人生感悟。……阿濃文字平實生動，小處見精神，雖然不動聲色，每每都有自己的褒貶，批評甚麼，讚賞甚麼，道理淺淺，情意真真。」可以說是一語中的，深得阿濃《人間喜劇》的創作精髓。

竹簡裡的黃金屋

POP 031

作者：何偉賢

編輯：AnGie

設計：4res

出版：紅出版（青森文化）

地址：香港灣仔道133號卓凌中心11樓

出版計劃查詢電話：(852) 2540 7517

電郵：editor@red-publish.com

網址：http://www.red-publish.com

香港總經銷：聯合新零售（香港）有限公司

台灣總經銷：貿騰發賣股份有限公司

地址：新北市中和區立德街136號6樓

電話：(866) 2-8227-5988

網址：http://www.namode.com

出版日期：2021年12月

圖書分類：社會科學／ 流行讀物

ISBN：978-988-8743-64-3

定價：港幣78元正／ 新台幣300圓正